U0107532

不埋沒一本好書，不錯過一個愛書人

七樓書店

黑暗》拥有共同的场景和主题，都探讨了"西班牙问题"症结之所在。根据C.A.朗赫斯特的观点，《沉默的时代》中妓女的场景存在对《山顶上的黑暗》的模仿和回忆，此外，还有"滑稽的氛围……男人的醉酒，下流的笑话，以及荒谬的学术性词汇的使用"等方面都有明显的相似之处。大量医学术语的使用既符合马丁-桑托斯作为出色的精神病学家的身份，也是同为医生的巴罗哈的写作特点；将医学术语应用于现实的做法，也与"看到西班牙是一副患病的身体，需要治疗"的再生主义[1]作家有密切联系，正如小说中佩德罗为奄奄一息的贫民窟女孩佛洛丽塔进行手术一样。

另一方面，包括乔·拉班伊在内的学者将这部小说视为对"九八年一代"悲观主义的回应和超越，甚至断言："很明显，没有巴罗哈的创作，就不会有马丁-桑托斯的创作。"《沉默的时代》代表着一种对20世纪初作家的"批判性和绝望的主观主义"的转向，它有意识地摒弃了之前的现实主义风格。在这部作品中可以看到现代主义的特征，实验的手法和回归对现实的主观感知。因此，它绝不是抛弃传统的创新，而且还受到乔伊斯、加缪等外国作家的直接影响。

我们可以通过《沉默的时代》中的一个经典片段直观地感受马丁-桑托斯的创新和讽刺：

女士们（停顿），先生们（停顿），在我手上的（停顿）

1　再生主义是19世纪末20世纪初西班牙的一项思想和政治运动，试图对西班牙衰落的原因进行客观和科学的研究，并提出补救措施。

是一个苹果（长时间停顿）。诸位（停顿）正在看着它（长时间停顿）。但是（停顿）诸位是从那里，从诸位所在的位置（长时间停顿）看着它。而我（长时间停顿）也看到同样的苹果（停顿），但是从这里，从我所在的位置（极长时间停顿）。诸位看到的苹果（停顿）是不同的（停顿），非常不同（停顿），与我看到的苹果（停顿）不同。然而（停顿），它是同一个苹果（感知）。

这段佩德罗在参加演讲时发言者的讲话对西班牙哲学家何塞·奥尔特加·伊·加塞特（José Ortega y Gasset, 1883—1955）关于欧洲唯心主义基础的解释进行了模仿，试图以此博得观众的瞩目，结果没有引起任何共鸣。这些观众不仅在欧洲其他地方的智力发展中被边缘化，而且代表了西班牙社会对知识进步的漠不关心。这种讽刺针对的是公开演讲中潜在的矛盾，也隐喻了一个颓废的奥尔特加，他在渴望成为主角的过程中丧失了哲学研究的目标，将学术会议变成了马德里上流社会的社交聚会。参与者，包括演讲者本人，更多是出于炫耀的欲望而参加，而非为了传授、接受或讨论有助于国家的社会、政治或经济变革的思想，而这个国家正处于崩溃边缘。其次，这一情节提出的主题非常适合阐明整个小说构建的结构和意识形态。马丁-桑托斯在《沉默的时代》中展开了多层次的模仿，通过这些模仿，他不仅批评了知识分子社会责任的缺失，也揭示了在西班牙支撑意识形态进步的所有结构的恶化。

作为一种哲学学说，尼采的透视主义认为所有的感知和理想化都是主观的，这一思想也被应用到小说中，用于展示同一现实的多个重叠图像。佛朗哥政权急于展示积极形象，并掩盖自给自足政策和压制性政权所导致的问题，这迫使人们在感知和理解国家的困境时产生了不同的层次和维度，也在整个社会的各个层面都产生了混乱感。就像在奥尔特加的介入中被戏仿的透视主义一样，小说是从具体的角度接近现实，这就使得虚构和现实之间的互动成为可能，同时也成功地转移了20世纪60年代活跃的审查机构的注意力。为此，作者采用了不同的文体技巧，以呈现出当时社会的生活，将社会的X光、诊断和解决方案浓缩成一个复杂的叙述，用以揭示困扰西班牙的疾病。与尼采或奥尔特加不同，马丁-桑托斯小说中的透视主义向读者提出了挑战，因为它提供了一个清晰的社会层次图景，揭示了围绕西班牙卡尔佩托维亚[1]的观念和无法迈向现代性的问题，同时也探讨了文学创作的限制，并呼吁读者重新审视自己的顺从。

创作背景及主题深意

乡村与城市之间的紧张关系、1929年的经济危机以及19世纪缺乏资产阶级革命，使得西班牙分裂为两极，最终导致了第二共和国（1931—1939）的诞生。但遭受到极端保守主义思想

1　源自古代伊比利亚半岛上的一个部落，部落里的人被称为卡尔佩托维（Carpetani），居住在现今西班牙中部地区，意指西班牙的一种文化态度，强调对传统、历史和文化的珍视，以及对外来文化和现代性的一种抵制或担忧。

的冲击和上层社会对法西斯主义的偏爱，这种不稳定被军事力量利用，来夺取国家控制权，而在这之前，民众已经卷入了一场对西班牙20世纪历史产生毁灭性后果的武装冲突。西班牙内战（1936—1939）后的头几年，充斥着强烈的不稳定性和深刻的社会结构崩溃。佛朗哥政权的前十年标志着物质、政治和精神上的破产，以及对艺术和知识产出的怀疑和拒绝。这正是小说中所反映的社会历史和社会政治情况。讽刺的是，个人和集体前进的努力被试图推动它的机制所阻碍。在这个意义上，小说标题中的"沉默"正象征着在如此矛盾的环境中进行知识和科学产出是无法实现的。

在阿斯皮罗斯（Manuel Pulido Azpíroz）看来，马丁-桑托斯对战后佛朗哥政权的矛盾及其对西班牙科学发展的影响进行了社会和政治批判，但创作出如此复杂的意识形态小说本身就是一种矛盾。在叙述中使用科学术语和科学论述，正是为了凸显这种矛盾的必要性，因此小说中产生了高等文化与低等文化、科学与宗教、进步与霸权力量之间的紧张关系，作者试图通过使用巴洛克和后现代的美学来缓解这一紧张关系。

在美学层面上，马丁-桑托斯试图开创一种超越20世纪40年代和50年代新现实主义的文体实验，来呈现一种实验性。乔伊斯的影响在小说中显而易见，表现在对不同叙述声音的运用（例如意识流、第二人称叙述、自由间接引语等）以及小说本身的情节上。《沉默的时代》的主人公佩德罗，就像乔伊斯小说中的利奥波德·布鲁姆一样，在短短几个小时内经历了一次城市之旅，他在其中跌落到一个伪善、贫穷、充满暴力并且严格本身就"表现出对语言表达能力的怀疑态度"。在主题上，马丁-桑托斯的怀疑主义在佩德罗的失败和他被边缘化到乡村空间中体现得尤为明显。马丁-桑托斯创造出的虚构视角中的世界既体现了小说的讽刺意义，能够揭示问题，与此同时，它本身也正是问题所在。在《沉默的时代》中，虚构和现实之间存在着持续的张力，倾向于追求一种教条的真理（科学），在这种真理中，西班牙设法打开自我，以摆脱佛朗哥政权所造成的虚幻和非理性的问题。小说提出了多个现实层面，在这个意义上，它与《堂吉诃德》有着密切的关系，作者借此批评西班牙社会，其手法与塞万提斯通过刻画人物的疯狂类似。正是在现实和虚构之间的博弈中，对语言的分析至关重要。

语言与结构的矛盾性

按照茨维坦·托多罗夫的观点，在进行符号学分析时，需要关注三个主要层面：语义层面（文本的具体内容）、句法层面（文本内容之间的关系）和语言层面（内容如何通过语言传达）。这三个层面可以赋予《沉默的时代》中的讽刺和戏仿新的意义。首先，我们可以将小说分为四个主要序列：佩德罗的职业生活、佩德罗的私人生活、鬼脸贫民窟的生活，以及与鬼脸相关的发生在佩德罗身上的事件。这些序列的共同点在于使用了不同的巴洛克风格的修辞手法，包括扭曲或变形、文雅辞藻和隐喻，新创造的词汇，科学术语，行话俚语，动作语言和倒装对仗，等等。其次，语言成为主角，并且成为作者用来指出背景、情感状态、精神贫富、社会和精神落后水平、无意识的边缘化和原始反应的最佳方式。作品中的每个人物和情节都是通过使用特定的语言和叙述方式来进行表征的，例如佩德罗、朵拉和弹壳的叙述方式采用的多是意识流，鬼脸、小朵拉和马蒂亚斯等人物则采用了第三人称叙述。尽管人物的语言记录与社会阶层有关，但并不总是与现实相符，而是变成了对缺乏智力创造的悲观批评的一种形式。戏仿和矛盾构成了作品的出发点，但也是作品本身的组成部分。通过语言，马丁-桑托斯展现了对生活的悲观看法，对人类命运的无法言喻，而这种悲观主义在面对残酷的现实力量时不断加剧，只有通过特定的语言，才能使其凸显，并作为批评工具发挥作用。

在此基础上，我们也能发现，小说中的美学构思也涉及一些矛盾。例如，科学术语可能并不适合传达社会批评中的一些潜在思想。然而，这种语言的使用构成了批评本身的一部分，就像巴洛克风格和其他文体手法的使用一样。在小说中，如果佩德罗意识到实验注定会失败，那么对于突破的美学的使用也同样具有讽刺意味，就像任何与进步有关的想法一样。这种矛盾的结果就是贯穿整个作品的深刻的悲观主义，然而，这恰恰也构成了小说呈现出的巨大的讽刺的一部分。在拉万伊看来，"马丁-桑托斯肯定了一种悲剧性的存在观，因为对于他来说，摧毁人类幸福的矛盾恰恰证明了消除变革的不可能性"。变革是不可避免的，一切都是多变的，独裁也是如此；引发悲观主义的情感于是也创造了寻找出路的空间。

在这个意义上，马丁-桑托斯作品的复杂性将矛盾推向了极限，这一点从佩德罗遭受不公正的拘留中便可看出。在佩德罗被关在监狱里时，负责看守的狱警对他说："像您这样聪明的人往往都是所有人里最愚蠢的。我实在是想不通像您这样既接受过教育又有文化的人为什么会搅到这么一个麻烦事里。"佩德罗表现出的天真与他的学识聪慧完全相反，就像在20世纪40年代末在西班牙从事科学研究与国家的物质和精神贫困的现实完全相反一样。然而，佩德罗从监狱中被释放，以及小说本身的存在，都显示了现实的矛盾之处。《沉默的时代》的叙事结构也是如此，我们能够在交替使用的"我"和"你"中感受到人物性格的不稳定性。这种叙述的不稳定性定义了主人公的内在冲突，也能够合理地解释小说结尾时佩德罗可悲的崩溃。

总之，《沉默的时代》讽刺了现代文学和哲学，当代伊比利亚社会的陈腐，以及由此造成的技术唯物主义致命的贫瘠。小说在多个层面上进行批判，似乎在文本内外不断移动。与现实与虚构之间的张力一样，我们无法确定小说是在批评自我，还是在讽刺社会；或者说，既是在批评社会，同时也在讽刺自我。无论是人物、故事、叙事结构，还是风格和语言都是如此。我们也很难确定作品的矛盾是有意的，还是历史上矛盾产生的结果，但在两种情况下，小说都对战后的西班牙社会进行了复杂的批判，并为实验美学进入这一时期的文学创作拓展了空间。在某种程度上可以说，《沉默的时代》开启了西班牙文学的后现代主义，预示着此后近15年内民主时期叙事的出现，而这两种情况都根植于社会的顺从。佩德罗的悲剧结局原因既在于他自己，在于他的被动、缺乏动力和信念、冲动、对自己和环境的屈服；也在于他周围的社会，一种平庸、自私、非人道、停滞不前、保守的社会。

违反一个平庸社会的规则意味着流放，就像《沉默的时代》所呈现的。在西班牙开始向世界开放之前，自给自足的政策一直占据主导地位，知识分子和科学家不得不离开这个国家，以寻找不矛盾的空间。小说中呈现的正是这种选择："最好的办法就是他去美国，在那里，他可以真正地做研究，找到他一直在寻找的东西，因为那些该死的老鼠就是从那里被带来的。让他走吧，让他申请奖学金，让我们继续在我们自己的肮脏里腐烂下去。就这样吧。"小说中佩德罗的助手阿玛多抱着这样的想法，在认真思考了佩德罗的处境和解决办法之后，把佩德罗出卖给了他的仇家。

在小说中，讽刺的多重层面完全体现在佩德罗身上，他接受命运，黯然离去，顺从于平庸之路，被描绘成一个承受着西班牙人无法实现社会重大变革的观念的底层殉道者。可以说，他通过接受命运，试图效仿圣洛伦索·德尔·埃斯科里亚尔的宗教使命，马丁-桑托斯也在小说中对这位殉道者的遗言进行了讽刺。作为保守派的传统代表，圣洛伦索是顺从佛朗哥政权所追求的典型西班牙人的形象：一个默默承受着生活不断恶化的人，一个被转化为物品的个体。他就像机器一样，不会发出抱怨，就像佩德罗所说，"我们现在身处麻醉的时代，一个一切都不会发出太多噪音的时代。炸弹不是靠噪声进行杀戮，而是用辐射……X射线也会阉割。但对我来说，现在，我为什么要在乎呢。这是沉默的时代。最有效的机器是不发出噪音的机器。"最好的批判是不批判的批判，因为它本身就是一种宣言。这正是《沉默的时代》所体现的，它反映了西班牙历史上的一个时刻，在其中讽刺本身变得具有讽刺意味，而表达某种东西的最好方式就是保持沉默。

人物命运的解读

小说以主人公佩德罗的独白开始，因为老鼠被用光，佩德罗不得不中断癌症研究实验。一些评论家将癌症视为西班牙社会问题的象征。然而，对西班牙社会的影射不只是通过象征性的方式呈现，在小说中我们还可以读到诸多直接的表达。开篇佩德罗的独白就抒发了这样的担忧：

> 贫穷的人民，贫穷的人民。谁不向往来自北欧的荣誉，不向往那位高个子国王的笑容，不向往尊严，不向往期盼着在这个干涸半岛上人才辈出、河流丰沛，不向往学者能过上富足的生活？

在佩德罗看来，贫困是西班牙社会发展和科学滞后的双重原因，阻挡了他和其他任何人获得诺贝尔奖的殊荣。而这种滞后既是由于缺乏物质手段，也是营养不良导致的大脑发育不足所致。在小说开篇的情境和主题中，我们看到，贫困和不良的饮食习惯妨碍了国家的科学进步，使其无法与其他国家竞争。这也揭示了小说中对社会问题的关注和对主人公性格的深刻描写。

然而，如果小说只是为了呈现社会的弊端或借以抒发不满，也就成了20世纪60年代社会现实主义小说的延续。小说的革新就在于，佩德罗对社会问题的悲观主义被他丰富的想象力所抵消，这些幻想填补了科学留下的空白。首先是对被佩德罗视为真正神话般的人物的西班牙诺贝尔奖获得者拉蒙·卡哈尔的描绘："我面前挂着那个蓄着胡子的男人的画像，他见证着这一切，拯救了伊比利亚人民在科学面前本能的自卑。他审视着眼前的这一幕，纹丝不动，冷眼看着实验用的小动物被耗尽。"主人公从这里开始自我反观，与他的同胞一起投身于一项奇迹般的任务："它像细致探索着活生生的现实的侦查者一样，用致密的解剖刀深入令人不安的事物中，发现了非伊比利亚人的双眼从未见过的东西。就像是一场斗牛。就好像从仓鼠到公牛一无所有，好像我们仍然无视绝望，无视一身债务。"面对困难，西班牙人反而变得更强大，就像斗牛士面对公牛一样；所谓的劣势转化为绝对的优势，明显体现在西班牙人能够用原始的显微镜看到"非伊比利亚人的双眼从未见过的东西"。而事实上，佩德罗在小说中化身为无所不能的"大胡子男人"拉蒙·卡哈尔尊贵的后代，是"见证一切的人"。

开头的文字中存在明显的讽刺。通过佩德罗的幻想，我们可以感受到小说开头明显的讽刺，作者对主人公的嘲笑，以及作者与他所创造的角色保持着距离。后者似乎已经内化了民族的偏见，就像佩德罗对卡哈尔和斗牛士的神化一样，他也与这些人物同化，既是崇拜者，也成为被崇拜的对象。

当来自美国的实验老鼠被用光，佩德罗的想象力才开始转向美国。对于这个可怜的西班牙人来说，美国的繁荣变得具象，比如装着透明玻璃墙和特制空调以改善老鼠生活条件的实验室，以及"金发的中西部姑娘，在她们有瑞典或撒克逊血统的母亲怀孕期间和后来的哺乳及学龄阶段获得了丰富的蛋白质。她们很漂亮，尽管很无趣，但智力从不低下，神经原始细胞正确迁移并有序地定居在肉体和复杂脂质构成的电子大脑周围"。在佩德罗的想象中，我们可以看到美国的富裕并不多么令人羡慕。西班牙的智力不足与美国的乏味无趣相呼应，斗牛士的传奇形象也无法与拥有电子大脑的人类相提并论。毫无疑问，佩德罗在对西班牙的贬低和推崇之间摇摆不定，这反映出他对自己文化身份的复杂态度，也引发了对不同文化元素的反思和探讨。

除了对各个阶层人物的反映，小说中的人物形象也将个体与集体之间的联系以及关于"走出自我"和"回归自我"之间相对立的趋势作为命题进行探讨。在小说中，个体与城市（或社会集体）的关系是这样的："一个人是一座城市的形象，而一座城市就像是人体内的五脏六腑，一个人在他的城市中找到的不仅是对自己的定义和存在的理由，也面临着阻止他实现自己潜能的重重障碍和无法克服的困难。"在小说中，我们将城市替换为国家或祖国这个词也依然成立。

接着便是一段非常经典的对马德里的长段描述，我们能从中读到主人公表现出的强烈的"走出自我"的愿望。因为在那里可以听到关于"缺乏一个真正的犹太区"和"缺少真正的北欧人的造访"的抱怨，以及关于城市居民希望"留下那巨大的、空空如也的圆形建筑或椭圆形的钢筋混凝土，蜷缩回自己狭小的私人空间中"的希望。西班牙人常被认为缺乏足够私密性，是在广场上大声喧哗的、外向的人，这样的形象一直延续到"九八年一代"

以及"九八年一代"的后辈们。对于这一点，文本中的叙述声音并不明确清晰。马丁-桑托斯和佩德罗在同样作为知识分子、承载着前辈遗产或传承使命的共同状态中，会产生共鸣和相互认同。正因此，小说中紧接着用第一人称复数形式写道："直到那一天到来，我们搁置审判，只是钻进那些在瓶子上方挂着玻璃眼珠装饰的牛头标本的黑暗的酒馆里。"这些与斗牛相关的形象——典型的西班牙特色——追随着那些表达出想要逃离大规模的"钢筋混凝土制成的建筑"愿望的人。而对于渴望"走出自我"（即西班牙集体）导致的"回归自我"，部分是不可避免的，部分是自愿的。我们因此也可以理解，尽管马丁-桑托斯对佩德罗的刻画是带着嘲笑的，但他并没有谴责他。因为他们在精神上是相近的，作者批判性的洞察力也在佩德罗身上体现着。因此，作者和人物之间的分裂有时会被人物本身的分裂所取代，人物会对自己进行谴责，而作者并不会。把握了这层关系，我们就能更好地读懂佩德罗在监狱中大段的内心独白和自我谴责。

然而，在个体和城市之间的紧密联系中也存在例外。这个光辉的例外就是塞万提斯。佩德罗在古老的马德里老城区漫步，这里是塞万提斯曾经居住的地方，而他被对塞万提斯的追忆所困扰：

在这样一个小镇上，在这样一个城市里，在这样平凡又普通的街道上，真的生活过一个拥有如此人性的视野、对自由的信仰，远离一切英雄主义和言过其实，远离一切狂热和绝对化的人吗？

塞万提斯在小说中成为摆脱环境限制的可能性的典范，几乎算是个奇迹。他的杰出品质摆脱了他的国家和种族传统上的缺陷，比如夸张，比如狂热。他从不追求英雄主义，却讽刺地成为小说中真正的英雄、可供效仿的榜样。而这个榜样并不像神话一般的卡哈尔那样，他是容易接近的。对于佩德罗的思考，马丁-桑托斯也给出了问题的答案："一个人无法通过他的存在来完全理解他自己。"这位西班牙最伟大的作家似乎并不具备典型的西班牙特质。而这个特例的另外一面就在于，塞万提斯并不是出于愿望而写作，而是出于必要。就像作者所写的，"就像那位绅士画家一样，他对自己的职业总持反对态度，或许他只想用笔在热那亚的那些银行的汇票上签上自己的名字。"

当然，马丁-桑托斯的写作需求不仅仅是为了谋生，还有一部分是为了将他自己的"癌症"倾泻在纸上；或者说，为了避免被"癌症"所感染。塞万提斯与他创作的堂吉诃德之间建立了一个相似之处。饱受环境困扰的塞万提斯选择写作的最终目的是不让自己疯狂。他潜在的疯狂需求被投射到一个想象中的人物身上。然而，堂吉诃德究竟是一个疯子，还是一个假装疯子的人，以便让自己也能够生存下去呢？马丁-桑托斯写道：

> 塞万提斯所高声呼喊的是，他笔下的疯子并不是真的疯，他所做的事是为了嘲笑牧师和理发师。因为如果他事先不表现出他是个疯子的话，他们就不会容忍他，甚至还会采取措施。

作为一名出色的精神科医生，马丁-桑托斯清楚地明白自己想表达什么。那些不愿意被环境所吞噬的人必须寻找某种借口，比如假装成疯子或作家，这样才能够说出他们的想法。

小说中，尽管佩德罗崇拜塞万提斯，却无法效仿他。在这段内心独白的最后，他走进了一家文学咖啡馆，黏人的章鱼很快就裹挟住了他："他已经融入社群之中，无论如何，他都是其中的一部分，不能轻易脱离。当他踏进咖啡馆，这个城市——带着一部分最敏锐的意识——已经注意到了他的存在。"也就是说，佩德罗的存在意识只有在作为社会个体的时候才存在，因此他是异化的。如果像小说中所说的，人在城市中"永远不会走失，因为建造城市的目的就是为了不让人迷路"，那么它也允许一个人"在监狱、在孤儿院、在警察局、在精神病院、在急诊手术室"中找到自己。

佩德罗无法获得他拼命寻求的心境或自由。西班牙的那些负面典型，而不是塞万提斯或"绅士画家"委拉斯开兹那样的独特榜样，对他的行为更具有决定性。就像乌纳穆诺曾经警示的一样，塞万提斯这样"从纯粹的西班牙特性走向了对西班牙特性的放弃，走向了普世精神，走向了存在于我们每个人内心深处的人"[1]。但是，小说中的佩德罗即使具有反叛精神，也依然没能超越传统的水平。他的反叛仍然是非常西班牙的。与塞万提斯不同，他是被追求荣耀的欲望所驱使，这种欲望具象在

1　出自西班牙诗人、作家米格尔·德·乌纳穆诺（Miguel de Unamuno）1895年出版的《论纯正主义》（*En torno al casticismo*）。

得到荣誉、受到爱戴的斗牛士和诺贝尔奖得主的形象中。作为大男子主义象征的斗牛士形象也将再次出现在小朵拉被破处的场景中。尽管佩德罗充满了不安和内疚（这一点也是非常西班牙的），但在那个时刻，佩德罗表现出的是一个完成了真正壮举的人的骄傲。

在小说的结尾，佩德罗被无罪释放后与小朵拉见面，而后带着她参加一个庆祝活动。此时，佛洛丽塔的追求者弹壳出现了，他以为佩德罗是佛洛丽塔的情人，于是杀死了小朵拉。小说对这个场景是这样描写的：

> 小朵拉倒在地上，血慢慢地浸染了她的身体，在夜空下宛如黑色的河流蔓延到各处。弹壳向外走去，甚至没有等着看佩德罗拿着油条回来时的表情。对他来说，复仇已经完成，限期注定来临，孽债必定清算。

最后这句话出现在西班牙"黄金世纪"最具象征意义的戏剧之一《塞维利亚的嘲弄者》中，西班牙文学中广为人知的唐璜形象正是出自这里。在这样的互文中，弹壳化身死亡的使者，扮演着骑士团长的角色。而佩德罗则化身唐璜，是"被夺走的贞操"的破坏者，也是小朵拉母亲所说的"野蛮人"。

值得注意的是，死亡并没有降临在佩德罗-唐璜身上，而是降临在女性身上。因此，比起骑士团长，弹壳更像是卡尔德隆时代的英雄，他刺死了小朵拉，因为他心爱的佛洛丽塔已经丧命。无论是骑士团长还是卡尔德隆时代的大丈夫都代表了传统的荣誉观念[1]。在这个由男性主导、以荣誉原则统治的社会中，女性成了牺牲品。在《沉默的时代》中，代表了荣誉的人物落到了一个流浪汉身上，这也间接地揭示了荣誉的真正本质。并不是说荣誉的价值在现今被贬低，而是可能一直以来的荣誉不过是一个流浪汉用来保护一个所谓的绅士的诡计。这个诡计是男性用来控制女性或逃避女性及其无所不在的威胁的手段。对于佩德罗而言，小朵拉的死更像是一种解脱而不是一种惩罚。在这个意义上，弹壳也不再是佩德罗的敌人，而成为他的分身。

在小说的结尾，佩德罗已经跌至堕落的深渊。而小说中的两位年轻女性佛洛丽塔和小朵拉不仅死了，还成了解剖的对象。她们的身体被剖开、切割、操纵。因此，她们成了真正的小白鼠，被男人们进行活体解剖。离开马德里后，佩德罗也在思考：

> 我不明白他们为什么要剖开她们的尸体。一个神话，一个迷信，一堆尸体，他们相信里面有一种力量，他们在寻找一个秘密，而我们却不让他们寻找可能发现的东西。

尽管表现出疑惑不解，但在佩德罗的幻想中，他也表现出了同样的施虐倾向。当然，佩德罗也是受害者，是另一个小白鼠；但他的角色是多变的：既是受害者，又是施虐者。除了揭

1　在这一时期的西班牙文学中，荣誉观念是一个重要的主题，经常被探讨和描绘。男性荣誉和女性的地位在社会中扮演着重要的角色，荣誉观念常常导致男性为了维护自己的荣誉而采取极端行为，包括决斗和复仇。

示出不同社会阶层之间的对立和缺乏融合之外，《沉默的时代》也反映出性别之间的对立或战斗。

小说结尾洋洋洒洒的几页内心独白让我们了解了佩德罗的心理变化，也感受到了他的卑鄙无耻。这种极端的态度的确阻碍了作者或读者对他产生可能的认同。但佩德罗的这种无意识更需要读者的思考。马丁—桑托斯想要表达的，或许就是在这个本土的反英雄的废墟上，在他承认了自身的缺陷之后，必须建立另一个世界。一个就像塞万提斯所描绘的那样，可以和平自由地生活的世界。在此引用马丁—桑托斯的学术语言作为前言的结尾：

> 人的本质并不是由外部条件所决定的，它仅仅是被异化了。异化的特点是对强制的一种无意识：即使它是不可避免的现实，也没有被充分意识到。痛苦的矛盾直到进行基本的自我意识行动才会被充分体验。当一个人、一个群体或一个民族经历这些痛苦的矛盾时，他们就成为历史的执行者，创造一个新的整体。[1]

对马丁—桑托斯独特文风和语言习惯的认识，对整部作品主题和创作手法的理解，以及对小说结尾的诠释和思考，还交由读者朋友们仔细揣摩。

1　参见1970年西班牙巴拉尔出版社（Seix Barral）出版的《寓言及其他未发表散文》（*Apólogos y otras prosas inéditas*），引自书中收录的篇目《辩证法、整体性和意识化》（*Dialéctica, totalización y concientización*）。

三只骨瘦如柴的狗偶尔发出几声嚎叫，还会尿尿，尿骚味闻起来很刺鼻。阿玛多想弄死这些狗，就像弄死这株癌细胞一样。他等待着我给出指令，但我什么都没说，只是看着这一切，还想着能听他说些可以让我摆脱这一切的话。"鬼脸有。"阿玛多说。错了，不是所有的老鼠都有癌细胞。不是所有老鼠都有伊利诺伊州当地的细胞，这些细胞株是在装着透亮玻璃墙的实验室中从16000个细胞株里筛选出来的。为了让老鼠的生存条件更舒适，还专门配备了空调。通过对自然死亡的老鼠家族进行解剖[1]，找到小小的腹股沟肿瘤，然后在这些肿瘤里植入不仅对老鼠有效且具有自发性和毁灭性的神秘的死亡因子。这些金发的中西部姑娘，在她们有瑞典或撒克逊血统的母亲怀孕期间和后来的哺乳及学龄阶段获得了丰富的蛋白质。她们很漂亮，尽管很无趣，但智力从不低下，神经原始细胞正确迁移并有序地定居在肉体和复杂脂质构成的电子大脑周围，现在它们被用在培养皿里有丝分裂的计算中。由于缺乏维生素，这些被筛选出的分离的肿瘤细胞用光了，花光了有限的研究经费。那些从美国伊利诺伊州带回来的老鼠——公的跟母的——通常把它们隔开以免出现不受控制的大量繁殖，同时也能让它们有序进行繁衍。我们花费了高昂的外汇钞票在它们待的带空调的箱子上，还有空运它们的飞机。而眼下，它们被消耗光了，死亡

---

1 马丁-桑托斯1947至1948年期间在西班牙高级科学研究委员会的外科部门工作。他的一篇题为《实验性迷走神经切断术和大鼠幽门结扎试验》的文章，发表在《实验医学档案》（*Archivo de medicina experimental*）杂志的第12卷（1948），第127—144页。

的速度比繁殖的还要快——死得竟然比生得还快！——阿玛多笑着说道："鬼脸那里还有。"鬼脸来过这儿，这儿的空气中弥漫着那只爱狂吠却不撒尿的狗的气味。由于受到强烈的刺激，狗无法通过尿液排泄，只能通过出汗来排出水分。因为只能通过脚底出汗，狗也会哈着气散热，把舌头耷拉在外面促进蒸发。他们给狗做了手术并植入聚苯乙烯或聚乙烯醇的腿骨，狗看起来极为痛苦，为此我们应该感到庆幸，庆幸这里没有贞洁未被玷污、没罹患癌症、没得到过性满足并且把不满转嫁到动物保护协会[1]的盎格鲁-撒克逊处女们。要不然的话，这里永远都没法做实验，毕竟我们连最基本的材料都没有。想要再在那位高个子国王面前做那愚蠢的动作也是绝不可能的了。不仅不可能，就像眼下一样，而且还会变得极其荒谬。这荒诞不仅完全在意料之中，甚至让人觉得好笑。荒诞得不像是被当成巨人的风车，倒像是被当作愿望的泡影。毕竟，谁会在意那些狗呢？就连狗娘都对狗崽的痛苦毫不在意，谁又会去在意它们呢？现实是，聚乙烯醇的那项研究不会有任何结果，因为世界上所有科技发达国家的研究者们已经证明，聚乙烯醇对狗的生物组织具有毒性，不适合植入狗的身体。但谁又知道这儿的狗能忍受多少呢？就像那只不撒尿的狗，阿玛多用水把干面包浸润喂它。这没有可比性，正因为如此，鬼脸可能还有这种病毒

1　在小说中发生的时代，西班牙还不存在这种性质的社会组织。作者用处女的隐喻暗讽该机构没有真正保持其所声称的纯洁和高尚，而是掩盖了对动物的虐待和忽视。

株细胞。只有阿玛多知道老鼠可能已经繁衍，可能和老鼠或者相近甚至相同的雌性动物进行了奇怪的交配。这或许是另一个更重要的发现的源头，甚至能让那个高个子的瑞典国王用拉丁语，或者说着像拉丁语的、不带中欧金发姑娘口音的英语，俯下身子，授予阿玛多——那个买不起燕尾服穿着条纹睡衣的阿玛多——令人垂涎、独一无二的奖项。鬼脸也将和他经过深思熟虑、精密计算、基因交换并确定了基因图谱的新细胞株一起站在那里。他在唾液腺中植入染色体，然后重新植入到传递生命的重要部位。阿玛多知道鬼脸有小鼠神经胶质瘤细胞，那些从伊利诺伊州进口来的东西还有剩余。在缴完特殊保险和美国边境海关动物出入境的检查认证费用之后，这些细胞被四引擎或喷气式双引擎飞机空运过来，然后就到了鬼脸的手上，他用一个空鸡蛋盒把细胞株运到自己住的贫民窟里。他的两个女儿也住在那里——一个十六岁，一个十八岁——她俩都不是金发，也都没从她们来自托莱多的母亲肚子里吸收足够的营养。她们在照看着那些细胞。从那儿可能会产生新的可能性，腹股沟癌细胞可能不仅存在于腹股沟，也可能存在于腋窝。或者可能不再是来自外胚层，而是中胚层。它不仅对老鼠和大鼠会产生致命影响，同样有可能会感染这两个祖籍托莱多的姑娘，她们从小没得到足够的照料，很可能在被感染之后接受不当治疗或因诊断错误而在缺乏前期处理的情况下就死了，她们的父亲在授权对两个姑娘进行尸检时，虽然她们还未经人事但在她们的腋下和腹股沟部位发现了肿胀，并产生了肥厚的肿瘤，当他意识到自己也有可能被传染的时候将会露出多么恐怖的表情，变得多么惊慌失措，而这些肿瘤分泌出的毒素会麻痹她们脆弱的大脑。在这些肿瘤中——真是奇迹！——尽管伊利诺伊本土细胞表现出明显的遗传特征，但可能有一种病毒，即使我们在感谢靠着那位胡子老人的贡献才能用上的有缺陷的双筒显微镜中也能识别出来的病毒，在这两个可怜的来自托莱多的营养不良的母亲子宫里孕育出来的同样缺乏蛋白质的姑娘身上，经过反复的传代培养获得了这种病毒，我们可能发现了一种可以成功在人体使用的疫苗。"陛下、院士们、女士们和先生们：在我们的实验初期，就像那位英国学者[1]发现杀菌剂的过程一样，纯属巧合……"阿玛多说得对，偷来的伊利诺伊州产的细胞是好的，鬼脸带走了雌雄两性的老鼠样本，目的就是为了保持它们的基因纯度，这样就能在样本灭绝后再次卖给实验室（他们没有统计数据），而他早就知道老鼠死亡的速度高于繁殖的速度。"你难道不明白他是个贼吗？我们生活在一个有警察、法官和会维护自己权利的公民的法治社会，不能跟一个小偷用昂贵的价格去买他们从我们这里偷走的东西。况且我们能得到什么保障？""没有证据，"阿玛多说，"没有证据能证明它们是被偷来的。"不，有证据。通过显微镜能确定腹股沟肿瘤的自发出现。在整个半岛，只有这些细胞才具有如此神奇且致命的特性。只有它们对研究结果有帮助。只有在它们身

1　指的是亚历山大·弗莱明（Alexander Fleming，1881—1955），他在1928—1929年间发现了青霉素，一种能"杀死细菌"的真菌，并于1945年获得诺贝尔医学奖。

上，这种现象才会自发出现，让家庭陷入绝望，让受感染的个体在身体的疼痛和自噬的过程里一点点把自己鲜活的肉体耗尽直至死亡。关于遗传学如何以这种方式得出与这个早期科学先驱所期望的完全相反的结果[1]——创造完美人类并根除所有遗传性疾病，从而形成了一个令人讨厌的永恒存在的族群——这个令人讨厌的存在，尤其在中等大小的微生物[2]灭绝之后一直令人担忧——阿玛多一无所知。但是，他惊讶于科学所使用的奇妙的资源。有了这些资源，科研人员能够结婚，还能住在国家建造的公寓里，连他自己也靠着微薄的薪水和这些研究人员的小费过活。"本质上说这是好事。要不是这样，就得停下来。他的女儿们照顾着这些老鼠。要不是有这两个姑娘照料，它们早就死了，哪会像现在这样不停地繁殖。整个贫民窟到处都会是老鼠。"但它们为什么没死？那些营养不良的托莱多姑娘是怎么让这些老鼠存活下来还能不断繁衍的？又是什么让这些老鼠在实验室里被消耗殆尽的？即使没有透明的、装着空调的环境，也至少应该具备更贴近伊利诺伊州同类实验室的生存条件，而不是养在鬼脸住的贫民窟里。也许是那些不间断的尖叫声——几乎是人为造成的尖叫声，因为手术这东西只有人类才会——也许是那些腿骨被植入聚乙烯醇的狗的尖叫声不停地

1　佩德罗可能指的是17世纪和18世纪的遗传学家，他们的研究重点是植物的交叉和品种，而不是改良人类物种。孟德尔在他于1866年发表的关于遗传规律的文章中也没有涉及改良人类物种。

2　指的是比病毒更大的细菌。通过青霉素的使用，细菌已经可以被杀死，但是人类关注的问题是由病毒引起的癌症，这是佩德罗幻想中的情景。

刺激着那些老鼠的神经系统，导致它们过早死亡——即使是对于癌变的老鼠来说也是过早死亡——或者至少让它们失去了繁殖的欲望，也放弃了要齐心协力对抗在它们体内不断携带和传播的癌变的念头。我透过双筒显微镜满腔愤恨地观察着。蓝色的光重新照亮培养皿，被福尔马林凝固的静止的有丝分裂细胞看起来一副贪婪的样子。"你别走，阿玛多，我还没结束。""好吧。""你有义务跟我或者其他任何研究员待在一起，我们走了你才能走，一直到研究结束。""好。""不要相信法定工作日那些鬼话。""我不会的，先生。""难道我是在法定的工作时间工作吗？""不是，先生。""我还在找有丝分裂的细胞。""行啊。""找到不能再找为止。""听着。"我说。"请讲。"他答道。"你跟鬼脸说让他把他的老鼠带过来让我看看是不是我们需要的那种，我可能跟他买，也可能去告他偷窃。""他手里的老鼠很好。""那就让他快点过来。""他不会来了。""为什么？""因为之前有人举报过他，副主任为这事把他赶走了。已经不是第一次了，上次是因为猫。他们往猫的脑子里植入小铝丝，但不小心把这事给忘了，然后他又把猫给卖了，等到要再次给这些猫的脑子里面植入铝丝的时候才发现之前那些旧铝丝全都生锈了。当然，有丝分裂的情况更糟，无论你做什么都会死掉。但猫不一样，它们会像猛兽一样忍着折磨，尽管会变得很焦躁。它们咬了鬼脸还有他女儿，差点把他女儿的一只眼睛弄瞎了。但不管怎么样，猫都会忍着。""知道了，让他过来。""他不会来的。副主任猜他去了美国。要是再见到他，他准会把鬼脸撂倒。他对外说自己移民了，之后就再也不出来了。""那他怎么把我的老鼠带走的？""不是他拿的，是我把那对老鼠给他的。要不然我怎么会知道他的老鼠是好的？""行了。""而且那时候还有很多老鼠。每天都有好多老鼠死掉。所以那些野狗才那么亢奋。""奥斯卡先生可能会给你小费。""那当然。""听着。"我说。"请讲。"他答道。"我们明天去他的贫民窟。""他肯定会很高兴。"

*[1]

有些城市是如此不完备，如此缺乏历史底蕴，如此被肆意妄为的统治者们玩于股掌之上[2]，如此毫无规划地建造在荒野之中[3]，如此持续地保持人烟稀少[4]，如此远离河流和海洋，又在愚蠢的贫穷分配上如此炫耀，如此受到明艳的天空的眷顾甚至

---

1 全书不分章节，由63个叙事序列组成，叙事序列之间，原书以空行隔开，中译本以*隔开。——编者注

2 这一长段文字指的都是马德里。菲利佩二世于1561年将王室定居至马德里，其子菲利佩三世于1601年将首都迁往巴利亚多利德，又在1606年初恢复了马德里的首都地位。

3 关于马德里的第一次历史记载可以追溯到10世纪。其名字来源于阿拉伯语的Magerit，位于现在皇宫所在地的一座摩尔人城堡，于939年被拉米罗二世征服。这座城市在1083年被阿方索六世最终占领。

4 西班牙哲学家何塞·奥尔特加·伊·加塞特在其著作《没有主心骨的西班牙》（*España invertebrada*，1921）中说："人们有一种普遍的错误倾向，认为一个民族的形成是靠最初核心地区的扩张增长……非也，一个民族的形成涉及多种元素、文化、历史事件和地理条件的融合。"

让人忘记了这些城市所有的缺点，这些城市就像及笄之年的少女一样如此天真地欣赏着自己，成为一族王朝[1]如此追求的声望象征，这里拥有如此丰富的宝藏——但那些当时未被发掘的宝藏后来也被遗忘——这些城市的建造如此缺少激情但又充满对未来的贪欲，如此挣脱了真正的贵族，又如此挤满了穷苦的民众，有时表现得如此英勇，尽管并不知其然，只是凭着像年轻的农夫跃过河流一样的直觉和胆识[2]；如此自我陶醉，尽管这些城市根本没什么醉人的美酒；有些城市在其他时代如此傲慢地超越了外国的首都，建造了两座大教堂和几个大教堂教区，还拥有几座充满魔力的宫殿[3]——至少每个世纪都有一座这样的宫殿；有些城市对用纯正平直的语调说话如此无能，而操这种语调的村镇不过在200千米以北；有些城市对黄金的到来感到如此惊讶，因为它可能会变成石头，也可能会变成镶金黑底装饰的马车和马鞍[4]；有些城市如此缺乏一个真正的犹太区，还有些城

1　西班牙的哈布斯堡王朝或奥地利王朝（1517—1700）。

2　比如，在1808年面对法国人的入侵或在整个内战期间面对法西斯军队。此处涌动着西班牙诗人费德里科·加西亚·洛尔迦（Federico García Lorca，1898—1936）在《诗集》（1921）中《序幕》一诗中的回忆："一颗有溪流／和松树的心，没有毒蛇／也没有百合，／坚韧，有着年轻农夫的优雅／像他一跃跨过／河流。"

3　指的是罗马。罗马在1527年被查理五世的军队洗劫。在罗马圣彼得大教堂旁边，还修建了主教座堂"拉特朗圣若望大殿"。作者通过引用意大利诗人卢多维科·阿里奥斯托《疯狂的罗兰》中的魔法城堡和宫殿暗指罗马帝国。

4　这些黄金往往不是用于投资，而是用于奢侈开支。其中一部分财富被菲利佩二世用来建造了马德里附近的圣洛伦索·德尔·埃斯科里亚尔修道院。16、17世纪的各种法律法规试图限制其中的一些开支，例如马车和马匹的装饰品。

市，重要的人物如此的一脸严肃，无名之辈则面露友善；如此与自然相背离，至少直到其他地方发明了电动火车和缆车；有些城市被教会法庭搅得如此热火朝天，丧失了对世俗权力的限制[1]，有些城市则如此缺少真正的北欧人的造访；如此充斥着拙劣的神学家而缺乏出色的神秘主义者[2]，有着如此数不尽的歌舞女郎和风俗喜剧作家、情节喜剧作家、"袍剑剧"[3]喜剧作家、咖啡馆喜剧作家、荣誉喜剧作家、遮面女郎喜剧作家、低底鞋喜剧[4]作家、法国沙龙喜剧作家，不算艺术喜剧的咖啡馆喜剧作家[5]；有些城市被从双层巴士排出的黑烟弄得如此乌烟瘴气，人

1　即世俗法庭会执行宗教法庭的判决。

2　可以与奥尔特加在《西班牙革命》中的评论进行对比："我们戏剧中所包含的快乐本质与当时修道院里修道士和修女们的狂喜一样，都属于狄奥尼索斯式的享乐。这与冥想无关，我再次强调。冥想需要冷静和距离。"

3　西班牙17世纪的著名剧作家卡尔德隆（Pedro Calderón de la Barca，1600—1681）早期创作的喜剧中的人物，大多数是西班牙贵族，他们穿斗篷佩长剑，因此这类剧本被叫作袍剑剧。——译者注

4　在戏剧领域，戏剧演员在古希腊和古罗马戏剧中使用高跟鞋，以增加身高和威严感。因此，低底鞋喜剧指的是以滑稽、喜剧手法为主的戏剧作品，通常以幽默和夸张的方式描绘人物和情节。这类喜剧作品的风格常是轻松欢快的，以取悦观众和引发笑声为主要目的。——译者注

5　马丁-桑托斯通过对西班牙戏剧的讽刺，展现了过去的戏剧形式和传统的延续。他提到了各种类型的戏剧形式：40年代的轻快剧形式与17、18世纪剧场演出中的歌唱表演相关；风俗喜剧自洛佩·德·维加时期以来在西班牙戏剧舞台上很常见；"袍剑剧"喜剧是17世纪一种特有的风格，在19世纪仍然存在；咖啡馆喜剧指的是在咖啡馆创作出的喜剧；遮面女郎喜剧是对以此为名的西班牙轻歌剧的暗示，并且在时间上回溯到17世纪的社会和文学现实，当时的女性经常遮住脸部，只露出部分面孔；低底鞋喜剧是对"高底鞋喜剧"的戏仿；法国沙龙喜剧是指在家庭或类似场景中设定的、具有资产阶级品味的戏剧类型，是20世纪初商业

们裹着风衣在寒冷的阳光下走过被黑烟笼罩的人行道，而这些城市里却连教堂都没有[1]。

面对这些城市时，我们需要暂且搁置审判，直到某一天，突然间或者也许是渐渐地（虽然这种情况几乎不可能），我们会意识到一种我们感知得到但却看不见的东西开始显现，直到那个现在在地面上匍匐前行的东西凝固成形[2]，直到那些现在悲伤地笑着的人学会直面平庸的命运，留下那巨大的、空空如也的圆形建筑或椭圆形的钢筋混凝土[3]，蜷缩回自己狭小的私人空间中。

直到那一天到来，我们搁置审判，只是钻进那些在瓶子上方挂着玻璃眼珠装饰的牛头标本的黑暗的酒馆里。我们只是在深夜沿着教皇大街或舞会大街那一带散步，一直到天蒙蒙亮，不断地碰到那些本可以完全改变这个城市面貌的被砍掉的树根[4]。我们只会在一个大广场上观赏士兵们在周日天真地巡逻，

剧院的基础；"不算艺术喜剧的咖啡馆喜剧"喻指"没有艺术的咖啡馆剧院"，同时还暗指咖啡馆歌唱表演和意大利的艺术戏剧，这种意大利戏剧形式在16至18世纪的欧洲盛行，尽管在西班牙并不常见。

[1] 叙述者并未将耶稣会帝国学院的古老教堂，也就是自1885年开始修建的圣伊西德罗主教座堂视为主教座堂；阿尔穆德纳圣母主教座堂在1962年仍未竣工。

[2] 隐喻被佛朗哥主义摧毁后的民主的恢复。

[3] 指的是斗牛场和足球场。

[4] 1608年，西班牙建筑师胡安·戈麦斯·德·莫拉（Juan Gómez de Mora）开始了一系列改革，以改造马德里的中世纪结构；为了实现这个目标，新城的核心区域从马约尔广场开始形成，靠近现的教皇大街和舞会大街。下文提到的"大广场"指的是马约尔广场，而"空空的大肚子"指的是腓力三世骑马雕像的马腹部。

而鸟儿一个接一个地在马儿那空空的大肚子里自杀。我们只会紧随着匆忙的脚步，像一个紧张的小女人在夜晚匆匆走向某个地方；我们会去拥抱那些放弃了现实只好去买醉的人们；去欣赏卫兵在看到一个比他高的女人经过身边时摆出的挺拔身姿；去问一个有着猫一般的黄眼睛的出租车司机如何在布料店里占便宜；会常去一个舞厅，直到穿着绿色制服的壮硕的保安跟我熟到不收门票也让我们进去，还会跟我们扮鬼脸打趣；会在一个女侍者一个笑脸都不给的咖啡馆度过整个下午；会装作喝了很多实际却只喝了一点点；会假装交谈甚欢实际却什么也没有说；会装作去电影院实际上去的却是铺着红色床罩的旅馆的房间；会和一个英国女孩去绘画博物馆却发现除了《宫娥》之外完全不知道她知道的其他画作在哪；会创造一种新的文学风格并在咖啡馆里夸夸其谈，直到最后把自己也搞糊涂了[1]；去结交友谊注定无法长久的朋友们，去爱那些爱持续不到夜晚的爱人们；去参加一个让姑娘们免费入场的学生舞会；去合计一个侏儒在角落里能卖出去多少个打火机；去观察一个给孩子喂奶的妇女在冬天早晨的地铁站里能卖出去多少张票；去猜哪条经济法规能让一根一根卖卷烟的姑娘们赚到足够的钱去养她们的情人；去琢磨是什么疯狂的想法能让所有盲人即使在雪花纷飞、只有去看首映的人才走出家门的严寒夜晚都走上街头[2]；去试着

1　舞厅指的可能是传奇的帕萨波加（Pasapoga）舞厅；博物馆指的是普拉多博物馆；咖啡馆是希洪咖啡馆，也是小说中的一个场景。

2　对那些负责销售每日彩票券的盲人的隐喻。

想象，天啊，这个村庄在他们自己所说的饥荒年代[1]是如何生活的——他们自己当然知道为什么。

照这样来看，我们就能理解一个人是一座城市的形象，而一座城市就像是人体内的五脏六腑，一个人在他的城市中找到的不仅是对自己的定义和存在的理由，也面临着阻止他实现自己潜能的重重障碍和无法克服的困难。一个人和一座城市之间的关系，并不会在他所爱的人，他所伤害的人，或在他周围奔忙为他提供食物、为他量体裁衣、为他穿上皮靴或是在他的皮肤上轻抚、在亮闪闪的吧台前为他调制精致饮品的人身上体现。我们也会懂得，一座城市是用它分散到千千万万个身体中的大脑来思考，但又依靠一种共同的权力意愿得以统一。在这个意愿的指引下，摆摊卖爆竹的人、修道院后门为非作歹的恶棍、皮条客们、做着没有电动马达的旋转木马生意的老板们、周围村庄的斗牛场雇来专门斗小牛的斗牛士们、停车场的管理员们、俱乐部的球童们和无数的擦鞋匠们都被包含在一个辐射的范围内，这个范围本身就是辐射状的，不是勒·柯布西耶的设计风格[2]，因为它是靠太阳的光芒和秩序的光辉辐射出来的，并且通过如此优雅和谐的方式维持着，其

---

1. 指的是西班牙内战以及战后时期。西班牙经济学家拉蒙·塔马梅斯（Ramón Tamames）在《共和国：佛朗哥时代》一书中认为，1939至1951年间的特点是自给自足、通货膨胀、经济停滞、设备短缺、电力限制和饥荒。

2 在《光辉城市》（*La ville radieuse*，1933）一书中，瑞士裔法国著名建筑师勒·柯布西耶（Le Corbusier，1887—1965）提出了一种城市模型，其中包括大型建筑区块和广阔的绿地。

至根据可靠的统计数据，每年的犯罪率都在持续下降，人永远不会走失，因为建造城市的目的就是为了不让人迷路，因此这里的人可能会遭受痛苦或者死亡，但绝不会在这个城市中迷失，因为每一个角落都是一个完美的走失者救助站，即使他想迷路也不可能，因为在这里有成千上万、十万、百万双眼睛都准备着为他找到方向，认出他，拥抱他，确认他的身份并拯救他，人在自己生长的地方越是迷失越能找到自我：比如在监狱、在孤儿院、在警察局、在精神病院、在急诊手术室。在这里，一个人已经不再是一个从乡下来的人了，已经看起来不再像是个乡下来的人。有人要是说起你是从哪个乡下来的，他想说的可能是你从未从那个地方走出来过，因为你就像是个乡下人[1]。

*

生活可能会很艰难，但有时候，乡下人的肌肉是那么紧实，他们走路或做手势的样子是那么好看，他们会无缘无故地大笑，或是兴奋得浑身战栗起来，哪怕根本没有什么好笑的事发生，只是因为阳光明媚，空气清新。青春的虚假美丽似乎掩盖了真正的问题，孩提时代的天真童趣、桃李年华的曲线丰

1　奥尔特加在《没有主心骨的西班牙》中指出："我们是一个真正的'乡村'民族，农耕文化的民族，具有乡村的性格……当越过比利牛斯山进入西班牙时，总是会感到自己来到了一个农民的村庄。"

满，在经历了十五到二十年的贫困、匮乏和努力之后还能闪烁亮光的眼睛，有时候会让人感到困惑，似乎一切都没有那么糟，而实际上一切都非常糟糕。这种美与其说是美丽，不如说是有趣。这种美是敏捷和轻盈所带来的，让人觉得那只是活力，但这种活力已经开始变成贪婪，而那呆滞的催眠般的目光可能被误认为是欲望催生的激情，而不是不满足。

*

«[1]我丈夫本可以给我留下更多东西，但最后除了对我来说充满魅力的回忆，他什么也没留下。他浓密的大胡子，黑色的眼睛和他身上的男子气概总让我躁动不安，因为他总是热衷于追逐那些裙子后面的身影。虽然我更倾向于认为是她们沉迷其中，因为我无法想象他会到处追逐这些女人；无论如何，他总是能将某个女人拥入怀中，特别是当他穿上制服的时候，他从未停止过把所有的钱都用在打扮自己的容貌和仪表上。除了那些烙印在我脑中的他充满魅力的形象和回忆，女儿也能让我想起他——她和他长得很像，也和他一样英勇，甚至有些遗憾的是她嘴唇上方颜色有点深的毛发还能让我想到他的胡子——他还给我留下了国家为在战场阵亡的人提供的抚恤金以及一枚勋

1　西班牙语境中的角引号，相当于中文语境中比双引号更大一级的引号。这一整段文字前后用了角引号，可以理解为表示回忆、内心独白或情景再现。——译者注

章，还有三百二十五块五毛钱，对于独自生活的两个女人来说这些东西还是太少了。他还留下了一些来自中国的玩偶，是他年轻的时候去菲律宾打仗带回来的[1]，那次是因为有人嫉妒他才让他没拿到勋章。幸亏在他去岛上之前让我怀上了女儿，因为他回来之后就丧失了生育能力，感谢上帝，不是为了爱，而仅仅是为了我能保住自己的婚姻，我原本想要三个或四个孩子，但他非常有男性魅力，而且把持不住自己，与一个他认为年轻、纯洁、干净的菲律宾土著姑娘发生了关系，但不幸被这个肮脏的女人传染了疾病。他一直骑马，没有清洗也没有任何保护措施，直到病情恶化影响了正常的生活。尽管他用尽所有办法，他的海军医生朋友也努力想办法治愈他，然而就像那些跟他一起过去并且同样没把持住和那些菲律宾姑娘发生关系的人一样，一切都无济于事，最后我们就只有小卡门[2]这一个孩子，当他最终败在摩尔人手上的时候[3]，卡门已经二十八岁了。除了这些人偶和不幸的遭遇外，他还从菲律宾带回来五把扇子和一些丝绸披肩，第一条披肩上画着天堂鸟，第二条上画着充满异国情调的花朵，第三条上画的是一张巨大的印第安人的脸，很少见到披肩有这种图案，正因为如此，他才给我带来。他总是迷恋那些稀奇古怪又很少见的东西。我觉得他是有点老糊涂

1　指的是一些中国的陶瓷，是主人在菲律宾独立战争（1896—1898）期间带回来的。这场战争最终由美国干预。

2　即旅店的女主人，也是小朵拉的母亲。后文会称她为朵拉。

3　指1921年8月在梅利利亚附近发生的阿努瓦勒战役，摩洛哥南部的里菲人大败西班牙殖民军。

了，没什么办法能控制住他，他总是在赌场里，总是喝得多了一点，在几乎所有场合都要为了显示自己的不同展示自己的姿态、风度和能力，至少是在那些女人面前，过去我也是欣赏过他这种做法的，但他在外面过多地展现自己的能力可能会让他迷失了自己，况且也不是在我这个合法妻子的家里，这的确让我叹为观止。我从未从失去他的悲痛中走出来，我可怜的女儿也是一样，因为没有人引荐，她没办法参加社交活动。不幸的是，她被那个猪一样的男朋友抛弃了，而她却没有父亲和兄长能替她做主。虽然说实话，对于这事我觉得很庆幸，因为那个男人跟她是不可能的，他只会让她无比痛苦，把她拖入谷底。我甚至能想象到他威胁我女儿，利用她漂亮的外表和从她父亲那里继承来的一身英气，虽然有点男性化，但对于那个时代看到她的所有男人来说，这无疑散发着强大的吸引力。而后困难的年代来临时，社会经历了全面的道德沦丧[1]，一切都变得可以被接受，甚至是只通过民事婚姻结合，然后再离婚。之后就是那些饥荒的岁月，我确信他会威胁我的女儿，让她跟各种男人上床，因为她也一样——这是肯定的，她的天性就是从她父亲那里继承来的，没法一个人安安静静地待着，我明白她的处境，可能她也遇到了像我男人那样的男人，对女人们来说是那样勾魂，我可怜的女儿无法抵挡，正是因为她的性格是她的父亲和我这个也并非铁石心肠的母亲所给予的，感谢上帝。实际

1　指在西班牙第二共和国时期（1931—1939）民事法规中关于婚姻和离婚的规定。

上，我觉得我们两个独身的女人已经把自己保护得够好了，时不时还能接受一些暂时的帮助，好过我们带着那个可怜虫一起生活，就是我外孙女的父亲，真不明白他那样的父亲怎么能生出这么漂亮可爱的女儿，那混蛋丝毫没有男人应有的迷人外表、强壮体格和完整的男人的特质，他是那么瘦弱怯懦，像个布偶一样，又有点像斗小牛的斗牛士，充其量像是个吉卜赛舞者。我甚至怀疑他多少有点娘娘腔，但也许正是因为他与我女儿的父亲截然相反，我女儿才被他占了便宜，她从小就害怕她父亲，因为她好几次看到她父亲打我。而我虽然强悍，在他面前除了挨打也没有别的办法。她父亲是那样充满男子气概，我完全被吸引了，无法抵抗。于是我女儿选择了一个不男不女的家伙，这样只要她愿意，就可以用拳头抓他或者把他玩弄于股掌之中。但即便如此，他也足以夺走她已经有些褪色的贞操，并把我外孙女这个珍宝带到世界上。每当我看到这个芳龄十九的姑娘，我都会失去理智，谁叫我总是对美那么敏感又无法抗拒，尤其是她身上流着我的血脉，想到此我每每感动不已。必须得承认，她父亲的柔弱放在他女儿身上看起来还不错。她比我自己的女儿出落得更柔美精致，我女儿因为继承了她那有着深色胡子跟粗壮手臂的父亲的暴躁脾气，作为女人，从外表上看虽然一身英气但缺乏女性的柔美，腰身不够柔软，步履不够轻盈，有点儿上不了台面。除了三百二十五块五毛钱、我的女儿、我外孙女充满无限可能的未来、没什么用的菲律宾小玩意儿、几条披肩、四把红木的餐桌椅、一个带镜子的大衣柜和一张充满帝国风格的高脚婚床，我丈夫没留下其他东西，所以我们必须趁机租一间大空房，租金低且地理位置好，就在普罗格雷索街的街口，虽然靠近一些破旧的房子，但不至于被误认为是那种地方，反而可以吸引一些绅士来我们家居住。我之前没有钱购买家具翻新，所以只能去找我丈夫所有的战友们，那些在悲剧发生时没有倒下的人——可怜的家伙们，这些人还是相当多的，他们找到了不上战场的方法。这些人是最能帮助我的人，因为他们很容易站在我丈夫的角度，在看到我披着漆黑的丧服一脸悲痛的样子时，就能想象到如果是他们牺牲了，他们的妻子会是什么样子。实际上，我不知道我那副样子是不是真的能撼动到他们，因为并不是所有人的婚姻都像我的那样圆满。我那丈夫是个真男人，眼光长远，会顾全大局；他尊重我，知道一个合法的妻子不会做那些千千万万肮脏的女人干出来的事，尽管他在和我相隔遥远的那些岛上依然没办法无视那些菲律宾女人。但最后，当我必须说服他们的时候，我不得不摘下面纱，他们中的大多数人只靠微薄的津贴生活，只有一小部分人有钱。我露出我那被泪水洗过的高贵面庞，去找他们之前我用蓝色的煤灰画了眼影，还扑了不少米粉在脸上，好让我看上去苍白没有血色。因为不幸的是，我的气色很好，虽然我丈夫认为这样很好，能衬托出我的气质，但因为畸形的时尚审美，很多人更喜欢那些喝醋的脸色苍白的女人，我只好打扮成这副样子。即使她们不喝醋，也会因为流淌在血液里的贫穷看上去一脸苍白。我带着我的女儿一起去拜访那些战友，尽管她已经很大了，我还是给她穿像小姑娘一样的短裙，那些先生一看到她露出的小腿就面露窘迫，倒不是因为他们对她有所企图，况且他们自己也因为出色的战友遇难而深陷悲痛之中。我这样做是为了让他们看到她亭亭玉立，如果她落入这黑暗的苦难中，这姑娘就可能沦为娼妓，用这样的方式他们就更容易掏出钱来。除了一个好友慷慨捐赠帮助我们开旅店外，他们还承诺来到马德里就会光顾我们的旅店，并且很多次都兑现了承诺。因此，起初虽然是旅店最困难的时候，但我们不缺客源。当然，他们中的很多人只是捐了一点点钱，他们能够省下来或借来的那一点点，差不多是他们半个月工资的一半，我想要装修一番，但他们给的这些钱实在微不足道。我想把旅店装得好一点也是为了客人们能够感受到我作为英雄遗孀的社会地位，尽管后来这个地位一点点被玷污，最终随着在我女儿身上发生的不幸而彻底崩溃。旅店的名声也因此越来越糟，最初摆放的家具、窗帘、纱帘和挂毯以及各种装饰品也不可避免地变得破旧不堪。因此，来光顾的客人层次也越来越低，我之前说的那个斗牛士舞者娘娘腔频繁来旅店，吓走了两对内政部的官员夫妇，他们之前可一直是我最可靠、最体面的老熟客。这两对夫妇没有孩子，我向夫人们展示了相册里我丈夫的照片，总是跳过那些有他送我的菲律宾土著女人的照片。他当时送我那些照片，一来是因为他本就爱开玩笑，二来他说这样可以看出他热情似火的心为哪一方倾斜，也能让我看看那些女人的胸脯是不是像他告诉我的那样尖尖的而且松弛下垂。但那时，一方面我的旅店最初经营得还不错，另一方面我作为一个受欢迎的英雄遗孀，能很容易说服那些绅士们掏钱来补上我疏于管理造成的漏洞，这让我的性格变得有些软弱，也常感疲惫。然后我开始喝朗姆酒，大量饮用这种烈酒让我逐渐放松了警惕，让我女儿那个恶棍男友钻了空子，混迹在我家，离我女儿越来越近。他觉得我不仅占有了我女儿那双雪白的大腿，而且还在家里私藏了一些珍贵的外国金币。显然，他想错了，但在那些瞎了眼的日子里我竟然觉得他很友善。每天下午，我喝着一杯杯的解忧酒[1]感到心情愉悦，酒精让我从我作为女人的彻底崩溃中得到慰藉：真实原因是我的月经已经彻底结束，对我来说它的结束是一次沉重的打击，让我士气低落，在酒精中寻找虚幻的快乐。直到那个擅长讨好我的小鬼开始跟我套近乎，用他那调情一般的媚态来哄骗我，带给我一瓶酒，因为他很清楚我性格里软弱的那部分和我当时所经历的艰难时期。在那个房子里总有留给他的面包和吃饭的位置，所以那时候我不想相信连床单上都有他的位置。但是，当我看到我心爱的、年轻的、充满活力的、和我如此相似的女儿床单上的血迹时，我是怎样的暴怒，因为对我来说，我的女儿就像是我的翻版，像是我的镜像一样：我曾在我女儿身上看到我已失去的美丽。那时我们已经不像找人要钱的时候一样穿着黑裙子了，我那花季般的女儿也不用穿得那么成熟，她那时的汗毛远不如现在多。为了让她的外出更加正式，我让那个混蛋带我们娘俩去了一些我俩不方便单独去的地方。那是些名声很差、不对外接客的酒馆，但在那儿买醉倒是很有乐子，也能看一看男人们的生活，我那死去的丈夫曾经

1　指的是最后一杯饮品，是朋友们一起送别时的一种习俗。

的生活。就这样，我发现了弗拉门戈[1]的魅力，我假装是陪女儿，虽然我的陪伴一文不值。我没有喝醉过，但在我喝尼格丽塔朗姆喝得正上头的时候，那个混蛋带来给我认识的他的狐朋狗友竟敢掐我，还轻佻地说："你的肉可真白净。"这让我后背一阵战栗，就像在我丈夫还活着的时候，他会在夜里偷偷爬到我床上，在我快要醒来的时候咬我的肩膀。在梦里，我感觉自己就像是被食人族啃食的温柔的菲律宾女人。我蠢就蠢在有一天我给那些官员太太看了那个菲律宾土著女人的奶子，还跟她们说："您看看，她们的可不如我的，虽然我的更好，但我丈夫……"这让那些夫人感到非常震惊，在不忘对我一番说教之后就决定不再来我的旅店了。更糟的是，当时从我女儿的卧室传来一阵濒死般的尖叫声，然后她穿着睡衣出现在门口，说："妈妈，我突然觉得好紧张，妈妈，我刚做了一个可怕的梦。"虽然严格来说这些并不是什么大事，就跟放了个屁或是女孩发脾气时的歇斯底里一样，但当时我就像个傻瓜一样，根本没把这些当回事。那个混蛋的朋友们跟他都是一个德行，也是半男不女的，个子比我矮很多，跟些小不点儿似的。他们说话一口安达卢西亚口音，拍手拍得特别好，这是我和我女儿最欣赏他们的地方，除此之外，他们既没文化也不懂谈吐，但在酒馆这种地方，最受欢迎的就是擅长拍手的人，因为拍手是一种特别能带动气氛的方式。我女儿很快就学会了，而我则属于

1　弗拉门戈（Flamenco），西班牙一种综合性舞台艺术，融舞蹈、歌唱、器乐于一体。——译者注

特别笨拙的那种。无论如何，虽然我还不太清楚旅店的生意每况愈下，也搞不清我女儿的情况越来越糟，但那段日子对我来说是很快乐的，多亏了那些能分散注意力的事，我才能够忘了我丈夫的幽魂，甚至忘了我不再是个完整女人的悲剧事实，这些曾一直折磨着我、让我困惑，因为，怎样才能在没有真正得到安慰的情况下适应新的生活方式？怎样才能在失去了顶梁柱的情况下面对生活中的一切苦难？我曾经以为只有尼格丽塔朗姆酒或者其他我的胃能承受的烈酒才会让我好受些，然而，一旦完成了那个转变然后变成个木头人，我就知道没什么事情是我忍受不了的，甚至都不用喝酒，我已经变成了一个难搞的有些神经质的女主人。虽然我自己觉得很无聊，但对我那个只有十九岁的小外孙女来说可能有所帮助，我不想她去做我拖着我女儿做的那些蠢事，犯同样的错误。当时的我深受那些转变的阻碍所害，那些阻碍就像是一种利令智昏又转瞬即逝的神经错乱，让人无法直面事实，也让人彻底相信门一旦关上了，一切就都完了，活着也没有任何意义了。我可怜的女儿应该意识到了她的母亲过得很糟糕，但她自己也没有任何办法，所以当那个跳舞的娘娘腔意识到根本没什么外国金币，旅馆也已空无一人，而我女儿的肚子越来越大的时候，他就跑了，留我们娘俩陷入黑暗的绝望之中。但之后我马上开始想他走了的好处，至少他没把我女儿也带走然后虐待她，要知道我那可怜的孩子当时对这个混蛋可是百依百顺。我要让她明白，她欠了她可怜的妈妈多少，我为了她牺牲了多少，也要让她明白她最好把她的精力用在她可爱的孩子的教育上，尽管我当初精心装修的陈设已经破旧过时，但家庭旅店仍旧需要有齐全的设施为正派的客人们服务饮食起居。于是，另一类客人开始光顾我们，经历了过去那些糊涂事之后，我和女儿都努力去理解那些客人，我们娘俩被人看作是寡妇，于是我女儿不得不再次穿上黑色的裙子，简直漂亮极了，作为一个非正式的寡妇，她现在小有成就，比以前内敛多了，谨慎多了，赚得也更多了，教育和照顾我的小外孙女也让她获得了成就感，我之前也说过，小外孙女继承了她那娘娘腔父亲女性的气质，她身上继承了我们娘俩的仪态和美貌，再加上那份阴柔美。我们对她视若珍宝，她是那么秀色可人，真不知道该向哪位神明祈求才能让这个背负着我们所有罪孽的杰作不会受到摧残，能让她彻底地绽放，结出她应得的丰硕果实。»

*

哦！这两个同事在去传说中鬼脸的贫民窟和老鼠兔子窝的时候，是多么快乐啊！因为要进入马德里那个充满暴力又满是乌合之众的地方而惴惴不安的研究员跟他的助理是多么默契友好啊，他们不受各自社会背景的差异所影响，不理会可能妨碍他们交流的文化差异，毫不在意那些对他们的不同仪表和穿着的人投来的异样目光！因为他们都有一个共同的计划，并且两人都对可能存在的真正的老鼠后代感兴趣——尽管出于不同原因——这些老鼠携带着自发性腹股沟癌的遗传性毒株，这种癌症会导致动物的必然死亡，但在超过繁殖年龄之前，它们会产下许多与人类类似的微生物，尽管尺寸不同。它们跟我们一样拥有肝脏、胰腺、肾上腺和胃网膜孔，这些都可能成为促进科学思考或者发现人类最致命疾病出乎意料的诱因。

这个早晨美丽无比，和马德里的许多早晨一模一样，天空那充满讽刺性的纯真让人忽视了大地上那些喧嚣的弊病。在被市政部门刚清洗过的街道上，从遥远的山区运来的小石子闪闪发光[1]，不知疲倦的石匠们把它们打磨成四边形的碎块，然后通过烦琐的技术用水、沙和一根铁棒进行摆放——后来，随着这一手艺的衰落，也可以在缝隙中加入液体水泥——这些街道上涌动着各行各业形形色色的人，他们穿着破旧不堪，只有少数人最近刮过胡子。行人的衣服颜色难以界定，介于泛白的紫色、发黄的褐色和泛绿的灰色之间，他们在这座城市中看起来如此憔悴又无精打采，这不仅仅是因为居民的贫困——他们的衣橱更新得缓慢且有限——还因为这个城市富含臭氧的空气的化学特性具有净化作用，以及罕见而持久的光线对身体产生的影响，对非黑人的人种来说，这种持续好几个小时的光线几乎难以忍受。实际上，这些行人都应该穿上曼彻斯特制造的宝石红、土耳其蓝和海棠花黄的棉布，上面有大印花的图案，这样就能更加凸显人们的丰满，也能和男人们黝黑的肤色呈现出完美对比。佩德罗博士在心里这样想，但他没有跟阿玛多聊这些，因为阿玛多可能无法理解这种色彩地理学的规律，只会简单地建议在他们穿越城市的途中，去那些数量众多的小酒馆里

1　指的是从瓜达拉马山脉运来的石子，用来铺设马德里的人行道。

喝点提神的饮料，缓解一下疲劳。

然而，这个科学家的想法似乎还很遥远，阿玛多决定在适当的时机再提出这个建议，比如在看见这位明智的科学家额头上微微淌下的汗珠，或是听到他的喘息声变得更重的时候，虽然现在还听不到。

人们在虚伪的苍穹下[1]匆忙奔走，这与他们邋遢懒惰的形象格格不入。他们从安东·马丁广场的最上面沿着阿托查街下去，阿玛多则先去更远的地方找他亲爱的研究员兼雇主，将他从舒适的家庭旅馆的黑暗角落中拉出来，他每天都沉浸于蜷缩在这个阴暗的巢穴中，但每天清晨太阳升起的时候他又会在痛苦中醒来。阿玛多还能隐约察觉到他的研究员在那个房子里受到的情感呵护和内脏器官的保护，虽然这种感觉并不明确，但他不会搞错。一只白色的手，在一条白色手臂末端，抬着肩膀小心翼翼用着刷子。两片肥厚的嘴唇，在一张友善的脸上，低声咕哝着关于守时、阳光对荒野的害处、一些电车线路的便利性，以及一些灵活的寄生虫如何巧妙地更换寄主的建议。从远处传来一个悦耳的声音，唱着一首时髦的小歌，研究员似乎带着一种期待的微笑聆听着，而阿玛多推测，至少在那时候，他并没有完全意识到这种期待的深层含义。

"笼子你带了吗？"佩德罗博士边检查阿玛多用昨天的报纸包着带来的包裹边问道，用报纸包上是为了掩盖住可能还幸

1 　此处的比喻指的是天花板伪装着地面的丑陋，就像是照亮和装饰教堂的拱顶一样。

存的老鼠亲本[1]的痕迹，他们今天就要去找这些老鼠，他的急切远超过一度让他犹豫不决的谨慎，因为老鼠已经全部用光了，而他坦率地认为这是他的责任，他接着说：

"走吧！"阿玛多慢慢悠悠地回答了一句"带了"，他显然没有考虑到这个回应没有任何意义，在这样一个稍许炎热的早晨，除了这样大小和轻重的长方形物体，阿玛多的胳膊底下还能夹着什么东西？

女人们也在这坡道上上下下[2]，到坡道底下可以看到阿托查喷泉广场，通常那里挤满了公交车、带红色条纹的出租车、手推车、街边小贩、交通管制员、乞丐和驻足的普通民众，他们聚集在这里可能不是在等下一班到达的列车，不是看着不远处的绘画博物馆，也不是附近任何医院闪着灯的救护车里医护人员要急救的患者。这些女人中没有一个能吸引佩德罗博士的注意，他好像仍在回味着那只白色手臂和与其人不符的高亢嗓音，它们属于不同的个体，但都是刚刚才被他抛弃的女性，吸引了这些女人们注意的是阿玛多。对于这个男人来说，他对自己从青少年时期开始就在温柔乡里打了无数胜仗还有稳定的持久力充满自信——如果他那个年龄还能称得上是青少年时期的话——无论是他穿的那种比此时经过的大多数路人都要难以

1　亲本指动植物杂交时所选用的雌雄性个体，参与杂交的雄性个体叫父本，雌性个体叫母本。——译者注

2　指的是马德里阿托查火车站附近的格洛雷塔广场，距离普拉多博物馆、圣卡洛斯医院和省立医院不远。直到20世纪70年代末，马德里出租车的黑色车身上还会涂上一条红线。

描述其颜色的衣服，还是他夹着的那个神秘包裹——显然更增添了他在情欲方面的吸引力——或是他明显的随从地位，以及他对正走神的同伴谄媚的态度，还有那张带着三天三夜长出来的满是胡茬儿的毫无吸引力的脸，都不妨碍他向每个迎面走来的有魅力的女人抛出媚眼，甚至出言挑逗，从她们的外貌来判断，有些女人比他的经济状况、职业地位和爱情中的主导性都要强。佩德罗没有理会他随从这些毫无意义的举动，也终于停止了对留在那个破屋子里的未知宝藏无意识的回味，开始为与期盼已久的实验对象的见面做准备，他设想了小鼠神经胶质瘤细胞退化可能导致的一系列后果，因为用非正统的交配取代严格的近亲繁殖几乎是不可避免的，这种退化必然会发生，况且与伊利诺伊原生地截然不同的生存环境，还有鬼脸对这些美妙的小动物采用的令人难以想象的饲养环境——假设他能好好饲养，这些小动物还有存活的希望。这个食物的组成不过就是一个未知程度的指数函数和无限多的变量作用的结果，能暂且列出来的影响因素有这些：鬼脸及其家庭成员的现金收入；鬼脸脑子里假设的动物买卖交易，能否成交并不重要；鬼脸和他老婆吃饭时的食欲；他那两个已经性成熟的女儿的柔情（可能也取决于他们那片儿爱慕她们的人的多寡）；家庭居住地不同时节自然生长的植物；最重要的也是给饮食定性的因素就是附近的一个垃圾厂丢弃的垃圾残渣。这个垃圾场距离贫民窟仅三千米，负责收集垃圾的是一个家庭合作社，他们当时和鬼脸达成一致，把这些垃圾用作饲料。这种来自伊利诺伊的退化了的癌变老鼠，在实验室舒适的环境中没能存活下来，却在没有得到

F.D.鬼脸细心照顾的情况下，奇迹般地活了下来[1]，这个品种必定是非常值得研究的。噢！生命的可塑性有多么强；对于那些能看到它们的人来说，它们带来了怎样的新惊喜！噢！那么多种不同的燕雀，已经进化出能够在散落于群岛中的森林里生存的亚种！噢！多么令人难以置信的可能性，一种几乎未被怀疑也未被察觉，只能虔诚关注着的可能性——一个年轻的托莱多姑娘在一个与人同住的贫民窟里患上了完全不属于她的年龄段的存在于腹股沟和腋窝的癌症，这种尚未在人类身上出现的癌症证明了病毒传播的可能性——而最终！——这种病毒的传播只是因为配子细胞（在生命诞生之前，在生育之前，在父母体内引起明显肿胀之前）具有无限且潜在的永恒延续生命的能力，能够跨越代际进入到完整的细胞质中——包括生殖细胞携带的一些病态或异常物质——在新生命的起源之处，在那个孕育新生儿的胎盘里！[2]

　　但此刻，沿着阿托查大街走下来的过程是愉快的，只有丑陋的男人和虽然肮脏但却充满吸引力的女人能进入这位智者的视野，他敏感的眼睛里没有任何真正的老鼠引发的不适感。他

1　指的是在危机时期奇迹般存活并蜕变的癌细胞。原文使用的"niu dial"是作者根据美国总统F.D.罗斯福推行的新经济政策（New Deal）的发音自造的西语词汇，也因此在"鬼脸"名字前冠以罗斯福的名字缩写。

2　这是佩德罗疯狂的科学假设，他认为癌症可能是一种由病毒传播的疾病，这种病毒可能早在小鼠胎儿中就存在。根据他的推论，癌症似乎是一种遗传疾病，只因为病毒在生殖之前就进入了生殖细胞，当动物交配时，由生殖细胞形成的新生物体就已经携带疾病，但这不是严格的遗传原因。几乎可以印证这一假设的证据是鬼脸的女儿们也感染了与实验室老鼠相同类型的肿瘤，这表明病毒也感染了她们。

俩往下走，阿玛多埋怨着行进的方向，因为这让他更远离拥挤杂乱的广场，下面的那些小酒馆里有一家的入口就在广场旁，从酒馆中飘出诱人的香气，这味道对胃来说就像是中世纪催生人的爱情的迷魂汤，或是用昨天甚至三五天前做好的再加热的橄榄油炸的鱿鱼。油的高温烹炸和热量的作用，让开始腐败的鱿鱼挥发出的酯类物质完全消失——这些是受热易分解的化合物——经过这种转化后的物质可以放心食用，安全无害而且非常美味。

他们沿着宽阔的街道往下走，两旁是敞开的商户和摊放在各种不同特色店铺橱窗架上整理妥当的商品。在那里可以找到一切所需的东西，从低价出售的白色、粉色、紫色的内衣，挤压在玻璃上混乱堆放的各类货品和大降价的谎言，到方头钉、塑料杯、彩色盘子和各种礼品，比如做工粗糙的灰色女猎人陶瓷像、用螺丝钉固定在黑色玻璃块上的铜制堂吉诃德像和镀银的桑丘·潘沙像、用火烧制的皮革包裹的墨水瓶和写字台套装、带珍珠贝壳的玻璃镇纸、用碎镜片拼成的图像模糊的相框[1]，还有一套被人摆放好的红色七件套锅具。其他看起来更危险的商铺就是药店和杂货店，在那里大肆贩卖着世界各地的杀虫剂，还有大量不同实验室生产的止咳糖浆和药膏，甚至一些药就是在药店的后屋里生产的，完全忽视了制药的所有科学规范。在其中的一间药店上面，覆盖着旧式铸铁阳台上又长又

---

[1] 美国女演员艾娃·加德纳（Aya Gardner，1922—1990）的照片，其在参演电影《杀手》（1946）后广受欢迎。

宽的白色招牌，上面用大如拖鞋的字体写着："包皮过长，梅毒，性病，经济咨询。"堂佩德罗面对这些他自己也参与其中的科学工业化的繁荣表现，并没有感到不安，反而高尚地认为这些高耸的建筑对底层民众和无知大众的影响是可取的。因为对于那些在街上自由行走的人来说，他们要如何弥补自己明显缺乏的在大型社会保障机构中的归属感？要成为社会保障的受益者，必须证明自己具备稳定的职业和牢靠的就业条件[1]，而他们因为过度在意自尊，不愿意去免费的诊所就诊，虽然他们的疾病不是因为贫困和生活拮据引起的，而是因为过剩的精力、活力、欲望，甚至有时是因为金钱问题。不，价格低廉的诊所收费是合理的，用高锰酸钾进行冲洗在青霉素时代也非常有效，因为它们延长了治疗时间，增强了刚刚发现的性欲的情感体验。这些痛苦的交叉，虽然不乏英雄主义的影响，但确实赋予了人类最基本的功能以尊严，虽然这些功能并非最低级的，却是最容易令人满足的。

阿玛多完全不了解对这种人性黑暗面的思考，对私生活的卫生也毫不在意，他继续跟着雇主下坡走着，将长方体包裹放在另一侧，没理会周围繁荣的商业和援助服务，他的注意力仍然还在越来越靠近的广场上的酒馆，还想着能在其中的某一家歇歇脚，尽管这种可能性并不存在。他自己设想着，如果佩德罗只是下了坡，那他来之前就必须得先上坡，甚至必须要早起

1　带有马克思主义的表达，指工人出卖自己的劳动力换取工资进而产生的"劳动异化"。

才能从他住得很远的得土安区[1]坐地铁，先到那个又脏又旧的研究所，拿上笼子再步行到研究员住的旅馆，尽管他的雇主佩德罗要亲自去趟鬼脸简陋的小屋，好展示他与生俱来的亲民，但最好还是让他知道阿玛多已经服务了好几个小时了，眼下他迫切需要喝上一杯。

*

"那些是贫民窟吗？"佩德罗指着几座涂着石灰的破房子问道，那些房子带着一个或者两个漆黑的烟囱，其中一个飘出微弱的灰色烟柱，旁边的另一个则用一块破烂不堪的麻布盖着，房子入口的矮凳上坐着一个老女人。

"是那些吗？"阿玛多答道。"不，那些是住宅。"

他们继续默默地沿着一段公路前行，路旁几乎看不见的沥青残渣勾勒出一片开阔的田野，一些地方春天长出的青草现在已经枯萎。

阿玛多接着说：

"当他们从农村家里来到这儿时，我早就告诉他，他永远找不到房子。他已经带着妻子和两个女儿了。但他绝望了。从打仗那时候开始，当时他还跟我在一起，他就一直很怀念那

1　一个当时非常贫困的社区，位于距离学院相对较远的一端，与查马丁区接壤。1947年，皇家马德里足球俱乐部的伯纳乌球场第一阶段的建造在此落成，后来被命名为圣地亚哥·伯纳乌球场。因此，阿玛多在下文回忆时提到他来自这个"足球出现之前的"社区。

时候。没错，他对这里情有独钟。马德里对许多人都充满吸引力，即使不是本地人。我是土生土长的本地人，就出生在得土安区。在足球出现之前，他坚持要过来。尽管我警告过他，不要来，生活很艰难，乡下虽然困难，但这里也要自己找出路，对于任何职业来说他的年纪都已经很大了，他们都只想要年轻人。不会任何技能，他一辈子都要四处碰壁，永远找不到体面的工作。我警告了他所有的事，但他还是很向往这里，因为打仗的时候他在这儿。然后他就过来了，所有的责任都落到了我身上。因为我们既算是又不是表亲，因为他母亲和我母亲在同一天分娩，因为当他的母亲来到马德里的时候我母亲正在医生的家里做帮佣，因为这两个人又好像是一起来的；总之，我突然发现整个家族都压在我的肩上，就像人们说的那样。当然，我不会退缩，我把实话都说给了黎明晨星，这就是我所做的。因为他们先是拿着一个从乡下带来的床垫闯进了我的厨房，然后在那里睡觉，大家都挤在一起。孩子们的腿像我的手指一样纤细，看上去让人心疼。但我不想变得软弱，我知道生活是艰难的，我早就告诉过他那里不能去。我不知道他以为我会给他找个房子。但是，如果我把他转交给我的朋友，那我们的友谊就会永远破裂，最终我们会互相伤害。这不是因为我，而是因为他。尽管我在意他，也明白他非常粗鲁。他完全就是只野兽，到哪儿都随身带着小刀。所以，为了摆脱他，我找他给实验室做事，他是个碌碌无为的人，靠自己永远也找不到出路。"

"他在实验室找到了工作吗？"

"没有。但我让他去外面把那些牲口带回来。他真是一点

跟老鼠玩吗？"

"姑娘们已经过了玩儿的年纪了，她们有别的事要做。"

"但是，她们会感染吗？"

"我怎么知道。"

"我想知道她们有没有可能感染。"

"您自己会知道的。"事实上，对穷人来说，没有什么是会传染的。他们的生活环境那么恶劣，对脏东西已经有免疫力了。

*

有些夜晚，佩德罗会在晚饭后参加这个固定的小聚会。家里的三个女人对他非常友好。对他来说，这已经不再是一个旅店，而是一个既能保护他也能约束他的家庭。狡猾的老妇人挑选了一群单身、稳定的中年男人住在这儿，他们吃完甜点后就各自回房间了。有一个阴郁的高个子男人是个药品代理商，有个秃顶的男士可能是会计或银行的高级雇员，另外还有一个退伍军人。因为怀念过世的丈夫，老寡妇的旅店里至少会有一位退役军人。给那些退役军人准备的房间布置得相当朴素，里面有个从没点燃过的白色大理石壁炉，上面挂着两把用来装饰的马来克里斯刀[1]。在这两把刀的下方，放着两个粗糙的陶罐，也

1　马来西亚、印度尼西亚和菲律宾等地的传统武器，具有独特的波浪形刀刃和装饰性的手柄。——译者注

是老寡妇的亡夫留下的，其中一个里面插着一面小小的西班牙国旗，旗帜是粉红色和黄玉色的绉绸做的。旅店里还住着一对没有孩子的夫妇，他们很少说话。两个人都穿着一身黑衣服，个头矮小又瘦弱，脸上有些皱纹，等橙子端上来的时候，他们俩就用发白的双手抖抖桌布，把面包屑晃到一边去。这对夫妇住在旅店最差的房间，位置靠里而且屋子中间有一根铁柱。老妇人用深色的灯芯绒做了一个管套，把铁柱包到一半的高度。她小心翼翼地说，这样"就不那么冷了"。

在这群人中，毫无疑问，佩德罗是最受偏爱、最受照顾、最独一无二的那个。他最大的优势就是年轻。这三个女人对年轻男性这一客观特征过于敏感，甚至只要他住在旅店里，其他任何人都吸引不了她们的注意力。

第一代女人是一位严肃、强悍又霸道的老妇人，如果聒噪这个词可以用来形容一个天生拥护保皇主义和君主制的老妇人的话，这个词用在她身上再合适不过。尽管年事已高，但她依旧保持着傲人的身姿，依然有能力发号施令，指挥所有人。至于和男人周旋她可是经验老到并且颇具天赋，甚至还散发着一笑倾城的魅力。她穿着可以清楚展示胸部的胸衣和可以凸显曲线的塑身衣。与她的女儿不同，她非常坚强，作为一个如此强硬的人，她缺的只有嘴唇上面的胡须。

第二代女人既受到强势母亲的影响，又被自己不幸的经历所困扰。尽管她的外貌同样很出众，性格却软弱又顺从，像猫一样，黏人又虚伪。她一辈子都过着被宠溺、被欺骗、对母亲的话言听计从的小女孩的生活。这种特质并不是直接源于她男性化的本性或者强壮的体骨结构，更多是被更强势的母亲所强加的。她依旧还在努力从本质上做出改变，但改变的根基和实际效果早已没有任何意义。她穿着十年前的过时服装，散发着比实际年龄年轻十岁的妩媚。

因为长达十九年的共同生活，第三代女人无可避免地在语言层面，比如词汇和习语中，继承了她家人的特点，但除此之外，她们之间没有任何相似之处。第三代女人自然而然地拥有着她母亲一辈子都在试图装作拥有的特质。她生活在一个被女性包围的环境中，尽管她的长辈们时而变化无常时而诡计多端，她身上却有着一种难能可贵的特质，无法被压抑，好像迫不及待地要满溢出来，充满了温柔、灵性和惊喜。她非常美丽，但受她做作的母亲的影响，尽管她已拥有十九岁妙龄女子的身段，但她的言行举止和身姿都像是花季般的十四岁少女。于是，好比她穿梭在旅馆的走廊里或是围着一个坐着的男人的脑袋走来走去的时候，似乎完全忽略了自己凸显的乳房。又或是，当她的臀部撞到门槛时，她会惊讶地停下来，好像完全没意识到自己的身体已经具备了那种没什么用的丰满。她的内心是否有一些与她对自己身体的假装无知相应的东西？也许有，而佩德罗逐渐沦陷在这三位不同的女神组成的三相神中，对这个谜团充满好奇和疑惑。

对于祖孙三代女人来说，佩德罗完全是天赐的使者，与他的接触将使整个家庭的命运发生逆转，走向新的方向和意义。孙女在他身上看到圣母领报天使射出的散发着光亮的箭矢，女儿在他身上看到了自己被后代所超越，而年长的母亲或许期待着在高山之巅完成辉煌的转变[1]。带着不同程度的预谋规划和不真诚，这三位都已经做好了努力和牺牲的准备。

因此，在一些夜晚，佩德罗在晚餐后会参加在起居室兼餐厅里组织的聚会，等女佣把桌布收拾完，三流旅店中的冷漠氛围转眼就变成了中等阶层家庭小客厅里的温馨场景，虽然仍旧杂乱庸俗，但却充满了承载这个家族荣耀的回忆。

这三位女神各自登上不同的宝座。那里有两把皮革包边的扶手椅，本来是三件套，现在就剩下这两个，是寡妇用英雄亡夫的战友们的捐款买的。这两个皮椅里装着已经非常老旧但仍然很舒适且质量上乘的英式弹簧。老妇人坐在其中的一个上，另一个是给佩德罗的，尽管他有时候固执地坚持长幼有序和女士优先，让存在感不强的第二代坐在那里。而这位毕恭毕敬的女士，在老太太和住客面前会坐在一把普通的椅子上，而且如果有必要，她会在那儿严肃地坐上好几个小时。虽然她一直试图表现得自然灵活一点，比如把双腿交叉或扇扇报纸，又或是用并不自然的方式轻轻舔舐嘴唇，甚至困难地用佩德罗赶忙帮她点燃的金色细烟管吸口烟。年轻的姑娘坐在摇椅上，这和她充满活力、充满

1　马丁-桑托斯在隐喻上运用了不同的宗教概念。在《路加福音》1:26—39中，天使加百列向玛利亚宣告她将成为母亲。佩德罗则向小朵拉宣告婚姻以及之后的母亲身份；朵拉把这样的可能性看作是一个有点滞后的"启示"，因为它并不是在小朵拉出生时发生的，而是在19年后；最后，在山顶（根据传统，是塔波尔山），基督在伯多禄、雅各和若望面前显露光辉（见《马太福音》17:2，《马可福音》9:1—3，《路加福音》9:28—30），但这在老妇人身上指的是她在社会上的崇高地位的提升。

希望和奉献精神的天性相呼应。她不单单是坐在上面，在这个靠发动机和喷气式飞机感受最完美速度的世界里，这种几乎快要消失的家具不停摇晃的时候，能让仔细观察着她的人看到她那柔软的小腿肌肉有限的规律收缩。姑娘在摇椅上向后荡，把头靠在弓形的矮椅背上，她浓密的头发远胜过她的两位长辈，大波浪一般地垂下来，随着她加快的摆动缠绕在一起，反射出的金色光亮闪烁在整个房间，散发着一种视觉都能感受到的芳香，仿佛能把所有人都包裹在其中，让他们安静下来，时间也变得不再沉重。不仅仅只有佩德罗凝视着那不停落下的无尽的金色瀑布，凝视着她靠近又远离他的双手，两位母亲也用带着占有欲的眼神望着她。她们也以男性般的感官享受着她散发出的性感气息，这就是她们所计划的，但这种气息太过浓郁，淹没了整个餐厅沙龙的灰暗样子，甚至让还没消化的食物和刚切开的橙子的气味都转化成另一种香气——类似巴黎宴会上的香味——但又非常不同，混合着脂粉气和热带水果的香气。

　　然而，他们清楚，言语在他们四个的对话里毫无意义。这种交谈是通过态度和手势、语调和眼神、微笑和突然的沉默来进行的。因为年轻姑娘的美丽可以如此强烈地震撼他们，甚至在他们交谈的过程中，佩德罗可以无须找借口为自己突然的沉默请求原谅；这给两位母亲传递了一个信号，她们也开始夸赞姑娘的容貌，她雪白的脖颈，她那条在空中舒展的腿，或是惊讶地发现姑娘穿的裙子比平常短了一些，露出一截光滑紧致而且没有什么脂肪堆积的大腿。

　　如果有住客突然进入餐厅沙龙来取某样忘记拿的东西，比如一个打火机、一封信、一条粉红色丝带，或者那个粗鲁的女佣回来把不小心拿到厨房的餐具放回橱柜，三位女神都会生气，老妇人的眼睛会直接对闯入者的脸投射厌恶的目光；姑娘停下了摇椅轻微的摇晃，第二代则轻轻分开交叉的双腿，藏起金色的细烟管。佩德罗是唯一的幸运观众，在那三个庸俗而失败的女人眼中，他值得她们展现神圣的躯体，而这种时候他也觉得受到了打扰。他被迫坐回到他的沙发椅上，烦躁地翻着报纸，装作一副认真在看的样子，一直到闯入者消失。

"您还是太年轻，"老妇人说，"您没有经历过战争。但别以为这就是件好事。我也觉得挺可惜的。战争能够造就真正的男人，让男人更加坚强。这孩子的外祖父让我明白了这一点。"

"是很遗憾，"佩德罗笑道，"我是一个和平主义者。除了病毒和抗体之间的斗争，我对其他斗争都不感兴趣。"

那些谜一般的词汇让对话成了不真实氛围里的受害者。但他说的话并没有错。尽管三个女人中没有一个能理解那些词，但她们面带微笑愉快地听着，成为侃侃而谈的年轻绅士展现自身优越感活生生的证明，虽然她们早已对此产生怀疑，甚至也了解这种优越感，但当佩德罗展示出他那些她们并不了解但却备受赞赏的丰富科学知识时，这种优越感又变得如此显而易见。

"现在人们已经不再跳查尔斯顿舞[1]或单步舞[2]了，"第二

---

1 美国20世纪二三十年代流行的一种摇摆舞，以南卡罗来纳州查尔斯顿城命名，流行时期是1926年中期到1927年，其舞蹈旋律来源于1923年詹姆斯·约翰逊（James Price Johnson）在百老汇创作的《查尔斯顿》一曲。——译者注

2 原文使用的词语为uanestep，是作者根据英语one-step的发音进行西班牙语化

个显眼的象牙色冰箱，厚重扎实的地毯掩盖了脚步声，这些场景都没有让佩德罗感到惊讶，因为他对人性的反差并不陌生，比如那些本应节衣缩食规划生活用度的人们常常愚蠢地挥霍自己的出路。因此，能在厕所里看到吃着残羹剩饭嗷嗷叫的猪群，一无是处的姑娘自命不凡地戴着好人家的女佣的头巾，她们穿着红色的缎袍，脚上蹬着昂贵的东方木屐，手上戴着毫无实际意义的结婚戒指，这里的一些妇女没有像别的街区的一样把自己的时间花在做有用的针线活上，而是坐在空罐子上，忘情地玩着纸牌，像那些正直的工人们在周日午后的小酒馆里心安理得地玩牌一样。他们年幼时被淋巴结结核肿胀折磨的双手里捧着邮票集，身上散发着臭味，这些性欲强烈的夫妻完全漠视婚姻的道德约束，还和长到已经什么都瞒不住也什么都看得见的孩子们睡在一张宽大的床上，数不胜数的圣人形象在聆听男人们满是豪言壮语的亵渎之词时仍然保持着闪光的微笑，一只利摩日产的汤碗[1]装得像床下的尿盆一样满满的。

　　但是，尽管有这些轻易就能改正的与众不同的地方，这块不规整的村落是多么迷人啊！伊比利亚人天生的建造能力和创造力通过如此不可思议的方式在这里展现得淋漓尽致！我们令其他民族嫉妒的精神价值[2]在从无到有、从废墟中建造起的和谐城市散发出的活力中展露无遗。多么令人感动的景象，让

1　产自法国利摩日地区的瓷器以其高质量和精美的装饰而闻名，被视为世界上最出色的瓷器之一。——译者注

2　对佛朗哥时期的雄辩学中关于西班牙道德优越性的调侃，该时期的政权认为西班牙在道德上胜过被认为已衰落的欧洲。

同胞们引以为傲，这个小山谷完全被一片生机勃勃、闪耀着色彩的繁茂物质所覆盖，不仅不逊色于那些最聪明的物种——比如蚂蚁、勤劳的蜜蜂或者北美河狸——的完美创造，甚至超过了那些在本质上无比单调、毫无优雅可言的创造！多么强劲的生命力，无论是在高原完全缺乏资源的情况下，还是在茂密的跨洋森林的丰富环境中，都能展现出鲜明的活力！如果其他国家——表面看各方面条件都更优越——通过组织、工作、财富，甚至可以说是通过对他们苍白的国家中乏味生活的忍受，过上了美好的生活，那么像贫民窟这样一个不起眼的群体，既是艺术家的创意源泉，又是社会学家研究的好样本，为什么要去遥远的塔斯马尼亚岛[1]研究人类的习俗呢？仿佛在这里我们看不到用更加独特的方式解决了与我们说同样语言的人们所面临的永恒的问题一样。仿佛在这些原始的床上或是任何天堂般的岛屿上，没有如此大胆地触犯乱伦的禁忌一样。仿佛这些村落的原始机构远远比不上那些尚未超越部落阶段的民族复杂。仿佛回旋镖一样的冬天并没有被各种巧妙的方式完全逾越，我们无法一一描述这些创意，但正是这些创意让这些人们得以生存和繁衍。仿佛没证明过爱斯基摩人的冰屋里一月份的温度比马德里郊外这些贫民窟小屋里的高。仿佛没有人知道，这些市场里的姑娘失去贞操的平均年龄比自存在以来就充满各种复杂怪

---

[1]　位于澳大利亚的南面，被称为"世界的尽头"，在岛上大自然主宰着一切。——译者注

异仪式的部落里的姑娘们的还要小。仿佛霍屯督人[1]的脂肪肥大症没有与地中海地区女性逐渐出现的脂肪萎缩症完美地平衡。仿佛在无所不能的公共秩序面前，对神至高无上的信仰并不会引发最积极主动的敬畏。仿佛人在各个方面并不处处如一：其本能的部分在野兽面前表现得如此低劣；而成为理解文明的哲学家后又如此心高气傲。

阿玛多静静地带着他肥硕的嘴唇面露着微笑，而佩德罗博士则陷入对贫民窟的沉思中。那里，在某个被人类占领的隐秘的洞窟里，尽管缺乏维生素并且患有监禁性神经病，那些低于人类并被人类所支配、带着癌细胞的老鼠仍然继续吃着鬼脸发明的食物，继续不断繁殖。这一小团被探索研究的微小生命坠入了那个充满苦难的混沌海洋中，以一种新的方式触动着他。他觉得也许他的使命并不明确，也许癌症并不是唯一能让人的面容变得扭曲并呈现出那种在我们梦中出现而我们却天真地认为它们并不存在的鬼怪般臃肿的样子。

*

«她以为她是谁？她以为我会傻到要了这孩子。她，"是你的"，"是你的"。我早就知道她跟别人上过床。就算是我的又怎样？好像她没跟别人上过床一样。我早就知道她跟别人上过床。她呢，她是给我的，是我的。从我捅了那个美男之后她就一

---

1 非洲西南部的土著居民。——译者注

直那么自以为是。那个美男还装得很了不起。大家都害怕他。我没拿匕首也不怕他。他知道她跟我在一起，结果当着我的面就开始碰她。她这个贱货，装出一副害怕的样子看着我。她知道我没带匕首。我操他娘的贱人，她妈也是个贱货婊子。之后她来找我，说"是你的""是你的"。我知道是我的。但我无所谓。我不会为了孩子去烦恼，也不会负责任。那婊子最好小心点。她以为她是谁？全都是因为我捅了那个美男，她就觉得不得了。那她干吗还他妈跟别人在一起？还说她只和我在一起。我跟她亲密的时候她那儿已经不紧了，我知道发生了什么。我跟自己说，"弹壳，你看，这里已经有人来过了。"但我没告诉她，因为我还在追求她。不过，是有过其他人，她还说什么不是，不是。没事，我会忍下去的。美男在我面前调戏她，她为了让我吃醋就任由他胡来。蠢货。我回了趟屋，然后拿着匕首下来。进去前我看了，她已经跟他分开了。除了在我面前，她不让别人碰她，蠢货。再也没人敢在她面前晃悠。他们没有匕首，就算有也不会用。匕首赐给我的力量比给那些猛男的大。他在我面前挑衅说："她已经为我痴狂。"这种恶心的情话真让人恼火，好像他们说得这么火辣，我就不能捅他们似的。在我面前，看着我忍着没吱声，他又挑衅我："给弹壳喝点儿酒。"我忍不了别人不经过我同意叫我弹壳。不过，嘘，嘘，我已经准备好了，她看着我好像在说我可真是个孬种。他说："好吧，如果你不想要酒，我就把你这一身脏样洗一下。"然后他把一杯汽水泼在了我脸上，我舔了舔，直直地看着他那副得意的嘴脸。他笑着说："他想惹怒我。"然后他低声嘟囔："没问题。没问题。"然后走开了。可她却看我看得入迷，看我就像看个孽种一样。他妈的臭婊子，她的肚子已经显出来了，还一直找茬儿跟他说话。那个美男在笑，总是说些调情的话。其他人都是窝里横，都在看着他。她的兄弟在场，就让他在那儿摸她。但是当我去拿刀的时候，她就不让他碰了。瞧她那副样子，只有在我面前才让别人碰她……不过，我还挺高兴，因为女人就是这样，她们爱招惹人。这就像一个女人如果陷入爱河，就会对一切说"是"。我拿着匕首，等着他自信满满地朝我走来。他喝得酩酊大醉，觉得整个世界都是他的。我最不能原谅的就是他叫我弹壳。我在他爸的坟头拉了泡屎，从他身后把匕首捅进去，然后他就倒了下去。他嘴里嘟囔了些话，什么萨拉戈萨和阿利坎特的，什么比他高的那三个，然后就成了一摊血肉。我撤离，把匕首清理干净然后塞到了草垫里。条子过来问话，"认了吧，弹壳。"他们打我，我打回去。但我不说话。"我们找到了你的匕首。""把手指伸出来。""上面有你的指纹。"不过，我知道指纹是瞎扯。总之，我坚决否认，但还是被抓走了。我因为非法携带刀具被判了轻刑[1]。但他们没有其他证据。美男已经完蛋了。到了那时候她才相信这一切。我出狱后，她像个牧羊女一样冲过来抱住我的脖子。她的肚子高高鼓起。我说："放开我。""这是你的孩子。""放开我。""是你的孩子。""你和别人上过床。""没有。""你那儿不紧了。""我当时流血了。""你那儿当时就已经不紧了。""我那会儿告诉你我流血了。""放开我。"我在监狱里的时候一直

1　刑期从一天到三十天不等，这种刑罚在1995年的刑法改革中已经被废除。

默默地忍受着她。她一直缠着我。我能对她说什么？告诉她我是为了她才捅了他。她一直在我身边。她问我从哪里搞得到钱。她们就是这样。我一直忍耐着她。但出狱后，她想要的更多，不可能。因为我已经喜欢上了鬼脸的大女儿。就是她。而她一直在唠叨那句"是你的"。甚至她兄弟也跑来指责我，就是那个在她被美男调戏的时候一言不发的兄弟。"兄弟看着吧，记住美男的下场。""我妹妹是个好姑娘。""你毁了她。""哥们你看，她和别人在一起过。""你毁了她。""记住美男的下场。"她变得越来越糟糕。好像吵架能起到什么作用似的。她开始在大街上对我大喊大叫，还向法官控诉我没有履行诺言。我说，"没有证据。""有人看到别人跟她在一起。""肯定有其他人。没有证据。"法官受不了了。我更是有过之无不及。她的肚子越来越大，更让我不得安宁。"滚开，你这个贱货，不然你会后悔的。"一天晚上，她不再大喊大叫，而是在黑暗中爬到了我身上。"你爱我。""你爱我。"然后她哭了。我没有碰她，因为她还大着肚子。总之，她真以为自己是个贱货。第二天她又来了一次。但我不想再继续了。然后她又开始整天跟踪我。我已经受够了。我给了她一拳，把她的鼻子都打扁了。她已经到了崩溃的边缘。这让我更恶心。我踩住她的脚趾。对一个女人来说，我打得太狠了。但我真的已经受够了。我被指控犯罪。法官知道是我干的，但没有证据。我又坐了六个月的牢。好在其间她生了。所以她没有一摇一摆地再来看我。我很庆幸。我已经跟佛洛丽塔说了，鬼脸的女儿佛洛丽塔，说我喜欢她。我被放出来的时候，她抱着孩子到处走来走去，看都没看我一眼。这孩子跟她爸长得一模一样，跟我一模一样，但没有证据。现在，她把孩子放在她的丑姐妹那儿，自己带着歪鼻子做生意。只要我想，我能拥有一个金矿。不过，对女人，我一向很聪明。当她们对男人死心塌地的时候，她们就会这样。这就是女人的特质。我想着佛洛丽塔的乳房会给我多少乐趣。没想更多。因为她父亲到了。鬼脸的脾气很臭，也知道怎么用匕首，那些坏蛋拉曼恰人都是这副德行。而她还未成年。我不想惹麻烦。我退缩了。但她让我着迷。她不像另一个。她怕我。她时不时让我摸摸乳房，如果鬼脸逮住我，我可不想惹麻烦。但我不会把那个姑娘抛下。我不怕更进一步，我的手在她身上没少摸来摸去。但也就是这些了，我没有再做更多。这就像我不喝酒，喝杯咖啡就感觉挺好。我玩扑克和骰子，能赢点儿，也不费什么力气。我去参加露天舞会，因为我喜欢跳舞。有时候我还能在舞会上勾搭个舞伴。但是那个佛洛丽塔一直在我脑海里。现在从她身上得到的东西还不足以让我满足。谁也别想靠近她，要是有人有非分之想，我会毫不犹豫地捅死他们。再也不会出现像美男那样的人了。»

*

在欣赏了贫民窟这个禁忌之城的壮观景象，看着那些用以保护免受飞行恶魔侵扰的弯曲的尖顶之后[1]，阿玛多和佩德罗博

1　一方面指的是北京紫禁城独特的建筑风格，这一建筑群是专供皇帝使用的城市规划典范；另一方面则指涉西班牙剧作家路易斯·韦莱斯·德·格瓦拉瓦

士下了山，然后小心翼翼地在各种障碍之间摸索穿行，一路有吠叫的狗、赤裸的孩子、堆积的粪便、盛满雨水的罐子。他们最终到达了鬼脸住处的门前。房子的主人背对着他们，忙着用几个月前从成堆的垃圾里收集来的各种有潜在价值的物品来修家里的地板。得亏阿玛多用他那肥厚的嘴巴喊了一声，他才注意到有人来了，紧接着用他并不自在的动作转过身来，在他那被时间和劳作刻上了皱纹的脸上可以看到神经性抽搐引起的规律运动，呈现出一副鲜活的惊讶表情。

"很高兴见到你，堂佩德罗！荣幸！为什么没事先通知我呢？"

这句话是对他的朋友，也可以说是他的亲戚佩德罗说的。

"快请进。随便坐。"

他用一种资产阶级的主人姿态邀请客人们进入尘土飞扬的客厅，一张用缎面包裹的扶手椅在那里等待着符合其阶层的尊贵的客人，尽管在这里发生的对话常常既无聊又空洞，但对于参与其中的人来说，它是一种间接确认他们属于同一尊贵社会阶层的方式。鬼脸请佩德罗坐到一张用箱子拼成的床上，上面没有床单，只铺着一块褐色的毯子。然后，他脸上摆出几个世纪前从托莱多平原上的农民那里继承下来的礼貌表情，努力用一种比他本身嗓音更温柔的语调，费劲地说：

（Luis Vélez de Guevara）的讽刺与教化小说《跛脚魔鬼》（*El diablo cojuelo*，1641），其中主角是一个"飞行恶魔"，他把房屋的屋顶掀起，窥探并展示马德里夜晚的隐私。

一代又一代的后代们。"

"也许它们已经有曾孙子了。"阿玛多笑着说。佛洛丽塔也跟着笑起来，从她解开领口的扣子展示她为科学做出贡献的牙印开始，她就已经忘记了她的羞涩。

"父亲想明白了其中的原理，但要忍受老鼠啮咬的是我和我妹妹。"

"少说两句，姑娘。还有，别人没问你话的时候，你也不要说个不停。看看你母亲，她从来不抱怨一句，但她也没少挨老鼠咬。"

鬼脸的胖媳妇与她丈夫的面相完全不同，她面部光滑，毫无表情，像欣赏交响乐一样听着在场的人之间的对话。显然，虽然她听不懂他们说的话，但她就是纯粹喜欢听别人发出的声音。她完全不想参与对话，为了少点麻烦，她坐在地上，圆胖、雪白、看不到脚踝的双腿从她层层覆盖的裙子下面露了出来，而她仍然紧紧地把那些神奇的老鼠的饲料抱在膝上。

"我可以问一下您是如何给它们提供自然温暖的吗？"佩德罗惊喜地听完那几分钟的解释后问道。

"您当然可以问，但出于礼貌我不能够告诉您。"鬼脸回答道。

"好吧，"阿玛多打断道，"你可以待会再告诉我。现在我们去看看那些曾孙子们去吧，去看看它们是不是私生子。如果它们确实是私生子，我们是绝不会在它们身上花一分钱的。它们必须是兄弟跟姐妹生的，至少也得是父亲跟女儿生的。"

"它们就是这样的。"鬼脸非常肯定地回答道。

不过他没多说，也不想让他们看到他的设备。他答应按他们指定的时间和地点把老鼠带过来，但他并不希望陌生人闯入他的巢穴步步窥探。佩德罗实在好奇，根本不愿喝完柠檬水就离开这里。他想深入了解这个同时饲养老鼠和人而且对二者来说生存条件都奇差的农场。透过红色窗帘蔓延到棚屋中人最密集的地方的气味，躺在他脚边安静又硕大的鬼脸的老婆，托莱多姑娘胸脯上的牙印，加上鬼脸科学又理性的思维方式，这一切都构成了一个让他按捺不住好奇的整体。尽管在这些好奇中有冷漠的好奇心，也有真正的兴趣，有为了研究需要获得老鼠的渴望，也有一窥人性最龌龊一面的欲望。

*

培育癌症品种的地方就在鬼脸的小屋里。每只老鼠都被放在一个生锈的铁丝做成的鸟笼里。这些鸟笼是从垃圾堆里捡来的，在灵巧的女儿们的协助下，鬼脸自己把它们粗略地修补了一下。鸟笼挂在棚屋的墙上。鬼脸老婆把她藏在膝盖上的饲料放在一些白瓷饲料盒里。这个小房间是用因湿气变得有些弯曲，但是非常光滑的木板搭成的。木板之间的缝隙用破布头堵起来了，这样就形成了一个密闭的隔间。笼子悬挂的高度不一，排列的方式很有艺术感，这也是为了让空间的布局、光线和明暗分布更加和谐，就像一个富有的画廊主人买了远超过墙壁悬挂容量的画作。在这个小房间的地板上铺着一块方形床垫。鬼脸和他老婆从一侧上床，他那两个体型更苗条的女儿从另一侧上去。佩德罗待过的外面的房间曾住着一个现在正在服兵役的堂兄弟。但他们四个仍然一起睡在大床上，有好几个原因：因为四个人在一起能让简陋的房间里的温度高一点，而且根据鬼脸的理论，这样老鼠们的生存温度也会高一点；因为鬼脸喜欢在晚上睡觉的时候感觉到女儿们的腿靠在他身边；因为这样他可以更好地看着她们，整晚都知道她们在做什么，特别是这段时间是年轻女孩们最危险的时候；因为这样他们需要的床单和毯子就更少，服兵役的堂兄弟之前用的已经被暂时典当掉了；因为人的味道一旦习惯了，非但不会引起反感，反而让人感到很舒适；因为鬼脸自认为是《圣经》里的族长，虽然他不知道这词是什么意思，但他知道所有这些女人都属于他；因为他的老婆害怕他，如果没有女儿们无声的陪伴，她难以忍受他的暴脾气，虽然她们的存在同样是个问题；因为老鼠繁殖的最终比例在于这种外来种族的母老鼠发情的程度；因为鬼脸准备了三个塑料袋，把老鼠放进去，然后挂在家里的这三个女人的乳房之间；因为他相信人体的温度，特别是女人的体温，能让老鼠们加倍地快速发情；因为他不希望老鼠阴道黏膜成熟的过程被打断，如果他的女儿们睡在外面的房间，那里的木板缝隙更大，加上夜间的混乱交配都会让气温更低。当母老鼠发情的时候，鬼脸会小心地把它从待了许多天的塑料袋里取出来，然后放进配种笼中，笼子里已经放好了一只强壮的公老鼠，而且通常已经做好交配的准备，特别是闻到母老鼠散发出的芳香刺激。这个配种笼里铺了麻布衬里，还有一些棉絮和鸟羽，这些材料很适合筑巢，但在交配时间之外他会把怀孕的母老鼠移出，他相信这里的布置能够激发动物们交配的欲望。一旦配种成功，怀孕的母老鼠们就再也无法享受这些金贵的棉絮和鸟羽，这些东西都会大大提高繁育的成本，但他只能在它们的空中宫殿里铺上一点稻草。小老鼠会发出非常细微的、如夜莺般的声音，宣告自己的出生，与此同时，与人类截然相反，母老鼠们可以一声不吭地生产，对在自己身上所发生的自然奥秘充满敬畏。在通常发生在夜晚的假装害羞的分娩之后，鬼脸一家隔天早上就会因为小老鼠们的吱吱声变得活跃起来，姑娘们会裹着她们脏兮兮的无袖裙子喊，"爸爸，上面的那只生了"，"爸爸，我的那只生了，就是咬我这儿的那只"。或者她们会说，"爸爸，我跟你说过它没配上种，这个家伙就只知道吃，还不让马诺洛靠近它，可怜的马诺洛"，"它以为自己是个修女，比修女还要修女！"如果鬼脸前一晚喝得太多，就不会理睬女儿们的喊叫，只是把头再埋进毯子里嘟囔，这时候他的胖老婆就会到外面忙活，或者去属于他们的垃圾堆。

那些天房子里的气氛很欢乐。只有偶尔天空中出现的一些小小的、无关紧要的云彩让通常呈玫瑰色的天空变得有些暗。每天早上，绅士的农场主[1]鬼脸会去参观他的养殖场，那里有他精心挑选的育种母马——通过巧妙的内源交配培育的优质品种——繁育着珍贵的纯种后代。他用短促的咕哝声发出命令，

1　原文使用的表达为Gentleman-farmer Muecasthone。Gentleman-farmer（地主）一词首次出现在英国作家亨利·菲尔丁（Henry Fielding，1707—1754）1749年出版的小说《汤姆·琼斯》（*Tom Jones*）中，词尾的"-thone"类似于那个时代的一些地名。

察可以变宽）并不足以让他们认为自己与众不同。作为黑人中的贵族，鬼脸一脸自豪，戴着灰珍珠色的礼帽，穿着红色背心，扣眼上装饰着公鸡的羽毛，在挺着肚子的黑人和几乎只缠腰布遮体的穷黑姑娘中间走来走去。他和他的黑人同伴们——就算没有戴高礼帽，至少也戴着礼帽或圆顶礼帽——在喝杜松子酒的地方打牌时，他们知道自己在享受美酒，而普通人只能选择生吃或用水和盐煮熟的红薯作为食物。他们开始相信这样的世界挺美好，尽管他们这些黑人，作为杰出的牧场主、矿工、商人、买卖象牙和乌木给那些遥远的有权势的人，仍然拥有黝黑的皮肤，与外星人、火星人或金星人根据他们的黑人科学数据所描绘的肤白、金发和蓝眼睛的形象不同。而且当他在晚上离开杜松子酒宫殿的时候，他的胃被酒精温暖，然后回到他的别墅。他会安静地走进去，确认床上那三位女性温暖的身体，然后融入到愉悦的氛围中去。不管是安安静静不吵不闹地走进去，还是在他认为合适的时候对那些懒洋洋的人群训斥一番，再次展示他的主人地位。如果在入睡的美妙时刻传来小牛崽的低吟，那鬼脸肯定会开心地睡着，而且他坚毅的嘴角还会绽放出一丝幸福的微笑，这是时间和历经战争还有两个和平年代在他身上留下的印记。

*

因为是周六的晚上，佩德罗的晚餐比平时吃得更快。在餐厅里，他坐在一对满脸皱纹的夫妇后面，旁边还有另外两张小桌，坐着两个单身汉。他盘子里的鱼叨着自己的尾巴，出现在盘子里如此和谐又颇具象征意义，佩德罗看到也忍不住笑出声来。吃这条鱼让他与寄宿公寓的联系更紧密，并且加入那些为了追求舒适生活而付出代价的人们，进一步融入这个与欧洲不同的国家。这条家养的衔尾蛇[1]带着一脸讽刺的微笑。它并不是真心想咬自己的尾巴，只是轻轻地衔着它，不让它自己在逃跑的时候展示出自己卑贱的样子和完整的长度，虽然它并没有完全腐败，但在白色的肉中仍然可以看到发紫的晕红，那里就是开始腐败的地方。为了掩盖可能存在的腐败而被挤上去的柠檬汁，让他想起几天前喝过的发苦的柠檬水。他摇了摇头，开始吃冰橙子。住客们闲聊起来，女佣心想着要出门，动作比平常更勤快。佩德罗起身告别，谢绝了和迷人的三代人在夜晚的奇谈怪论。他穿过走廊，回到自己的房间，然后回头走到大门边。在他要出门的时候，女主人出来和他道别并提醒他注意脖颈保暖，虽然冬天还没有到，也不要回来太晚，虽然第二天是星期天。

佩德罗走下三层阴暗的楼梯，楼道里的灯泡发出微弱的灯光。陈旧的木楼梯散发着灰尘的味道，有些地方还发出嘎吱嘎吱的声音。一对情侣在下面的过道里拥抱着——是楼下的女佣和她同村来的平民士兵。他走到外面狭窄的街道上，一个人快步走着，路过一家有牛头装饰的酒馆，到了蒂尔索·德·莫利

1　古希腊学者赫拉波罗（Horapollo）认为衔尾蛇是永恒的象征。这一形象在诗歌和象征学中广受欢迎。

纳广场[1]。一些看起来像皮条客的人早已聚集在廉价歌舞表演厅的入口，等待着第一批客人的到来。他沿着一个坡度不高的街道继续往前走。这条街上不入流的小店几乎全部熄灯了，只有那么一两处还在浪费着千瓦数。在一个杂乱的仓库里堆满了二手咖啡机、老旧的单腿小圆桌和藤椅。他来到安东·马丁街的街角，那里因为有地铁入口所以比别处更亮一些。两辆出租车停在那里，另一辆正在缓慢转弯。几个打扮毫无疑问像妓女的女人站在人行道上，或是带着仿金饰品在昏暗的场所里喝咖啡。尽管时间已晚，各色小贩仍然在街头兜售商品。他继续走着。从一家廉价的歌厅咖啡馆里传出一个吉卜赛人的声音，可能是在为之后的表演练习，因为现在似乎还看不到客人的身影。一阵刺骨的风从东边刮过来，为了躲开这股风，他绕过了阿托查那边开阔的坡道，转而钻进了左边更加狭窄、曲折、隐蔽的小巷。这些小巷几乎都是空荡荡的，他慢慢地穿过这里，绕了一圈路，走向酒店区。这里是塞万提斯曾经居住过的地方？又或是洛佩·德·维加居住过的？还是这两位都住过？是的，就在这里，这些保持着乡村风貌的街道，就像大城市中的一个囊肿一样。塞万提斯，塞万提斯。在这样一个小镇上，在这样一个城市里，在这样平凡又普通的街道上，真的生活过一个拥有如此人性的视野、对自由的信仰、远离一切英雄主义和

---

[1]　佩德罗此时在因凡达大街，离安东·马丁街仅几米远，之后他会从那里继续前往阿托查。之后，将穿过酒店区，包括皇宫酒店和丽兹酒店。在哈布斯堡王朝的马德里城曾居住过塞万提斯（莱昂街）和洛佩（靠近圣安娜教堂广场）。

言过其实，远离一切狂热和绝对化的人吗？他真的曾经呼吸过这样过度纯净的空气，并且像他的作品所表明的那样，意识到社会的本质，意识到他必须要征税、屠杀土耳其人、失去手臂、乞求帮助、被关进监狱，然后写一本只会引人发笑的书吗？为什么那个最忧郁地在他垂落的肩膀上保持着冷静的头脑的人必须要让人发笑？他真正想做的是什么？是要革新小说的形式？洞察自己同类卑鄙的灵魂？嘲笑这个怪诞的国家？还是赚钱，赚很多钱，赚更多钱，好摆脱像税收一样令人窒息的苦闷[1]？一个人无法通过他的存在来完全理解他自己。就像那位绅士画家一样，他对自己的职业总持反对态度[2]，或许他只想用笔在热那亚的那些银行的汇票上签上自己的名字[3]。这个最了解他所处时代的人想告诉我们什么？他认为疯狂只不过是虚无、空洞、空虚的存在，却声称只有在疯狂中人类的道德存在才得以安身[4]，这是什么意思？

这一切都很复杂。当佩德罗轻快地踏着这片独臂骑士非常熟悉的空间时，他自己那病态的理性主义开始逐渐将他缠绕起来。

第一层缠绕：存在一种道德观，一种粗俗且易于理解的道

1　塞万提斯曾担任负责在安达卢西亚地区收集小麦和橄榄油供海军使用的粮草监察员。

2　指的是西班牙画家迭戈·委拉斯开兹（Diego Velázquez, 1599—1660），据奥尔特加在《戈雅》一书中的观点，他对绘画没有天赋。

3　热那亚银行家是为哈布斯堡王朝提供财政支持的主要的贷款人。

4　佩德罗似乎回忆起了让-保罗·萨特（Jean-Paul Sartre, 1905—1980）的作品《存在与虚无》（1943）的最后几页，萨特在其中提到了通过逃避道德以避免焦虑。

佩德罗已经走得很远了。他穿过这个短暂而沉重的夜晚的城市，那里到处是关闭了的教堂和开放着的酒馆，电子灯牌不停闪烁，车子以极速在行驶。决绝的疯子们开着车穿过主干道的交叉路口。敞篷汽车在寒冷的夜晚敞开，展示着女人们的金发或身上昂贵的貂皮披肩，昂贵的银色汽车紧闭的车窗下隐藏着富人们醉酒残暴的面具，巨大且动力十足的汽车宛如优雅的鲸鱼缓慢行进，摇曳着淫荡的姿态，跟随着从著名酒吧[1]出来的另一个人，只等夜色变得更加深沉，就会毫不费力地从自动控制面板中决定前往何处，像发射物一样投向有形的快乐未来。当他站在旅馆门口的时候，热浪像来自嘴边的一股猛烈打击，但他并没有注意到，因为他深陷于自己迟钝的理性之中。但是现在，他停下来，在广阔又荒凉的广场上，只有一辆汽车穿行，广场上有一座被狮子推倒的喷泉，他看着车子，感受着质量上乘的轮胎在夜晚石子路面上压过发出的特殊的摩擦声。他接着朝咖啡馆走去，那里也很热，但和豪华酒店里高级妓女身上散发的热气不同，那里是吵闹的年轻人欢呼产生的热气，是警卫的身体[2]散发的热气。

　　一进入咖啡馆，他就意识到自己错了，他不是真的想来这家咖啡馆，他更愿意继续回忆那些将自己的癌症洒在白纸上的人的幽灵。但他已经在这里了，黏人的章鱼很快就裹挟住了他。它的尖喙开始歌唱，柔软、多面、不断变化的面孔凝视

1　指的是位于格兰大道中心地段的奇科特（Chicote）酒吧。

2　此处使用比喻指代准备进行性活动的身体。

着他。他已经和熟人们打过招呼，开始听着他们喋喋不休，但那些吸盘还是无可避免地缠住了他。他已经融入社群之中，无论如何，他都是其中的一部分，不能轻易脱离。当他踏进咖啡馆，这个城市——带着一部分最敏锐的意识——已经注意到了他的存在。

*

就像在一个混杂又让人愉悦的海滩[1]上，人们在潮汐最频繁的时刻聚集在狭窄到难以置信的区域，相互侵占着彼此的生活空间。虽然有些不便但每个人却都很满足，尽管空间有限但人们渴望最大限度地占据可占据之物，每个渴望接收和发出信息的个体都无耻地渴望展示他们的裸体，尽管不是裸露的肉体，而是理论、诗歌或精妙的批评。这些涌向那个狭小的海滩的文雅的人比那些只能享受到一轮遥远太阳的日光浴的人更加幸运，在这里，每个人都是自己的太阳，同时也是围坐在他身边崇拜他的人的太阳，彼此不断地赞美，并且感受到与太阳浴场非常接近的热量，身边的太阳发出的紫外线穿透身体深入到四百微米的内部，人们的身体会受到影响，包括合成维生素、血液循环和黑色素细胞的激活。但与那甜蜜又迷醉并将人类引入无生命物质的太阳吗啡不同，文学咖啡馆的夜间麻醉剂

1　指的是圣塞巴斯蒂安的一片著名海滩，马丁-桑托斯在这座城市生活过很长时间。

更能激发出活力，在隐藏的机器构造中激发着思想，这些思想将来必定会引发在教室里、学院中和研讨会上最优秀的思想者的思考。那些仔细观察就能在周六夜晚老师们的太阳穴上清晰可辨的紫罗兰色的小火花，毫不费力地就穿过年轻人沉重的额头，进入到他们空洞的脑袋里，留下一道粉红色的痕迹，它们是文化巨轮继续前行所必需的授粉过程，就像花粉被风带走，或被普通的蚊虫传播，又或像马达加斯加兰花那样被夜蛾特殊的触角所携带，虽然夜蛾尚未被分类，但其长度也能预测，这些花粉的传播确保了物种持续所必需的异交。不是每个自称为老师的人（实际上没有人承认他们是真正的老师）都会告诉每个学生（而这些学生也从未把自己当成学生）："你必须这样做""照我说的做""不要滥用副动词""永远不要写一篇完全不含性的文学作品""在你居住的舒适的公寓里观察活生生的人性现实"，带着教条主义的姿态和虚伪的言辞说出这些话，而是因为他们说出像"他简直就是个白痴""他对写作一无所知""他没读过海明威"的话时，他们创造了一种集体土壤，所有人都在无意识地从中获取养分，因此他们永远不赞美，总是批评，傲慢地挑起一根眉毛，在周围人中带着鼓励地拍一拍那些最没天赋的人的肩膀，谈论足球，捏一下学哲学的女学生，称赞一位打扮得像个浮华文学爱好者的黑色天鹅绒礼服和长长的辫子，对一个一瘸一拐把自己拖到桌上的蹩脚画家[1]

---

[1]　可能指的是画家胡安·马努埃尔·迭斯·卡内哈（Juan Manuel Díez Caneja，1905—1988），他也是希洪咖啡馆沙龙的成员。

开个残忍的玩笑，通过反复打电话来假装自己在进行性爱的壮举，无礼地对待已经写过七部喜剧的侍者，邀请一个尚未开化的乡下人喝咖啡和酒，抽很多的烟，自己滔滔不绝却从不倾听，他们共同确保了文学作品中所谓的"空虚"或"加西拉索[1]式"的诗歌形式，从而确保了被称为卡斯蒂利亚文学的代际连续和历史传承[2]。

佩德罗在沙滩边停留了片刻，他想找个有引导的标识，一个可以让他舒展灵魂也能继续最近的阅读的空闲沙地。在远处，马蒂亚斯抬起一只手臂挥了挥手。要到达那里，需要穿过嘈杂的混乱、所有过时的超现实主义的残余、拉蒙·戈麦斯·德拉·塞尔纳[3]空洞的言辞以及从同性恋演员的小便池里流出的格雷戈里亚[4]的幽灵，还有那些穿着一身黑的傲慢又苍白的姑娘，流行画嘴唇的时候她们偏去画眼影，流行画眼影的时候她们又把嘴唇涂得血红，还有一万零一根香烟的烟雾、一堆浮夸的自负，沾满黑色的指甲，还有那种攒着一枚硬币只为在晚上买一杯咖啡加牛奶好让自己（连同糖）能整夜待在智慧的蜜

---

1 加西拉索·德拉·维加（Garcilaso de la Vega, 1501？—1536），文艺复兴时期欧洲诗人，他的田园诗和爱情诗是西班牙文艺复兴的杰作。——译者注

2 指的是于20世纪40年代初出版的诗歌杂志《加西拉索》（Garcilaso）。在这本杂志中，一些诗人的创作得到佛朗哥体制的庇护，与其他更加政治进步的团体形成对比，并试图恢复加西拉索的古典主义。

3 拉蒙·戈麦斯·德拉·塞尔纳（Ramón Gómez de la Serna, 1888—1963），西班牙作家，其创作风格独特，作品难以归类。——译者注

4 拉蒙·戈麦斯·德拉·塞尔纳独创的警句式文体，他自己的定义是"格雷戈里亚＝隐喻＋幽默"。

糖让大理石变得黏黏的殿堂中。

他费力地穿过那些稀疏的声音和闪烁的眼睛。马蒂亚斯高兴地向他介绍：

"来，她值得认识一下。她读过普鲁斯特。"他指着一个戴着眼镜的姑娘，这次她没有穿黑色，而是穿了一件柠檬黄的毛衣，更加凸显了她的身材。

"真的吗？"佩德罗感兴趣地问道。

"别再看她，你会打扰她[1]，"马蒂亚斯说，"喝杯杜松子酒吧。"

而后，马蒂亚斯立马把佩德罗忘在脑后，重新转向那个女孩，用更准确、更巧妙的方式向她解释了美国小说的重要性，还有那些最杰出的创作者和欧洲那些写陈旧小说的作家比起来有多优秀。这些欧洲小说们已经进入了一个他们无法逃离的文学圈子，也许是因为意识到这个圈子的封闭和它不可避免的衰落，纯粹的精妙技巧在文学创作中变得毫无意义，只有自以为是的沙文主义者才会欺骗那些加利西亚学院派和笨蛋们，让他们相信他们仍然在创作伟大的小说，而实际上这些作品不过是纯粹的法国式创作，缺乏力量，也没有实质内容或者真正的伟大之处，就是一些写作练习，像是在瑞士寄宿学校的年轻贫血女孩的作品，就是些刺绣和十字绣。姑娘笑了起来，弄得她的毛衣一阵荡漾。

1　这是对胡安·拉蒙·希梅内斯（Juan Ramón Jiménez，1881—1958）的诗集《石头与天空》中的两句诗的回忆："别再碰她，／像她这样的玫瑰。"

在酒精的作用下，佩德罗赶紧接过话茬，也开始说了起来："为什么不呢？"玩世不恭的艺术游戏。来来往往的波浪。心灵的潮汐。自命不凡的琐事[1]。有些情况下陷入困境是无可避免的。显然是这样的。必须读《尤利西斯》。整个美国小说都起源于那本书，起源于《尤利西斯》和南北战争。南方腹地。这是众所周知的。美国小说很杰出，它影响了欧洲。它们就源自这，就是这里[2]。你也一样，我的姑娘，如果你不读书，你哪里都去不了。你会一直重复着欧洲的小故事，被《欧也妮·葛朗台》和孤儿们的不幸所触动，一遍又一遍。阿门，就这样吧，就这样吧[3]。

黄色毛衣的姑娘似乎感受到了一股无法抗拒的不适，所以当一个留着胡子的高个小伙子透过圆形眼镜看着她时，她消失了。她不存在了。一抹红唇，消失得无影无踪。

他们继续冷淡地交谈着，相互共生，沉浸在一种能产生共鸣的感性之中。城市、此刻，以及特定情况下的僵化，特定的

1　西语原文为Pepinvidálides de Egipto，这个无法翻译的新词在《沉默的时代》的法语、英语和德语版本中引起了不同的解释。该词指的是西班牙哲学家和社会学家佩平·维达尔（Pepín Vidal），即何塞·维达尔-贝内托（José Vidal-Beneyto, 1927—2010），他是马丁-桑托斯在希洪咖啡馆的朋友和谈话伙伴。

2　在希洪咖啡馆的沙龙中充满许多个人回忆和对时代的隐喻，此处暗示西班牙小说的革新将来自詹姆斯·乔伊斯（James Joyce, 1882—1941）和威廉·福克纳（William Faulkner, 1897—1962）的影响，他们的影响力在马丁-桑托斯和胡安·贝内特的作品中都有明显的体现。"南方腹地"指的是美国南部诸州，福克纳的小说就是以此为背景。

3　原文使用的词语为Ansisuatíl，是作者根据法语ainsi soit-il（意为"就这样吧"）的发音进行西班牙语化造出的新词。

"好得[1]。"画家赶忙说道。

他非常急切。他迫切希望新认识的朋友们不要只通过他的外表和蹩脚的语言这些阻碍他表达自己思想的方面来评判他，而是通过接触他的作品了解他，这样他们就会把他抬在他应有的水准去评判。于是，他掏出了一沓钞票，符合此情此景，命令那位兼职调酒师的侍者迅速将致命剂量的酒注入毒杯中。调酒大师迅速执行了命令，快速并且令人满意地把玻璃杯里的液体排出，除了画家自己多次坚持要出钱重复几次这样的魔术表演之外，没有人面露惊讶。

"现在它在这儿。"他郑重宣布，同时开始喝酒的动作。当杯子空了的时候，他说，"现在它已经不在这里了。""都已经进入我的体内了。"

对这种宣示性的幽默，笑声显然是不合适的反馈。这时候应该立即用最普遍的方法来回应，于是马蒂亚斯在他的天使的启发下开始了：

"现在这把椅子倒在这里"，他提起坐过的那把椅子，"现在它立起来了"，把它放在黑色大理石桌子上。

"但是你的身体不在原来的位置。"最擅长纯粹的形而上学的德国人赶忙说道。

"不，它在。"马蒂亚斯说着就爬上去，得意地坐下来，看着那些微醺或是几乎没喝酒的文人一脸的厌恶，不屑中又夹杂着一些钦佩。

1　德国画家把西班牙语的"好的"（bueno）说成"好得"（bono）。

三名服务员迅速朝那把王座走去，由于时间关系马蒂亚斯不得不收敛自己的实验，尽管在空间方面他觉得一切都无可挑剔。下面那些穿着黑色天鹅绒裙子、扎着辫子的三四个陌生女人，还有两三个化着妆、面露微笑的女演员都觉得马蒂亚斯疯了。这个短暂的打破常规的场景，用极其低廉的成本让他感受到自己的无敌，就像历史上那些历经几个世纪的艰辛——甚至可以牺牲贞洁和睾丸完整——按照传统规定的仪式登上王位的人。这位尚未疯魔的画家从桌子上下来，还在将这种自信的方法运用到具有重要社会意义的事情上。

　　"这个还没付钱，"他笑着对服务员说，"现在都结清了，"一边递给了服务员一张承诺支付金额远超过账单金额的票据。

　　"请等一下，先生，等一下。"老实的伊比利亚服务员追了上来，而他们仨已经迅速消失在外面的黑夜中，沉醉于酒精和自由的行为带来的自豪感里，随时准备登上表现主义的船舶，与它一起穿越夜晚那未知的海洋。

　　"我的身体现在在里面。"马蒂亚斯宣布道。"现在我的身体已经在外面了。"穿过带有四片翅膀的旋转门后他说道，虽然门上没有羽毛，但装饰着红色毡布和镀金黄铜。

　　"你的身体现在已经不属于你了，"佩德罗回应道，"你的身体是酒神巴克斯的。"

　　在经过了一番理解之后，德国人第一次——尽管不是最后一次——爆发出一阵瓦尔哈里安式[1]的笑声，回声震颤到边上的

1　意指雅利安人式或日耳曼民族。——译者注

树木、房屋和部队大楼[1]，惊动了坐在街角的一名警卫。

"那太好了，太好了，"他友善地说，"你们想来画室吗？"他带着从被酒精和笑声掩盖住的深处涌现出来的疑问问道。

"好得，我们走吧。"马蒂亚斯模仿着他的口音说。

他们沉浸在画家毫无来由的笑声中，在夜里跟跄而行，朝着因凡达街上的一间阁楼走去，那儿有一群继承了画家精神的形似枯槁的孩子在等着他们[2]。

*

三人走上漆黑的楼梯，为了安全，他们互相扶着以免绊倒，试了无数把钥匙之后，画家终于把门打开了。门一开扑面而来的就是一股颜料的气味和一片漆黑。一番摸索之后，灯终于被打开了，巨大的画室墙壁上覆盖着无数的画布，上面全部都画着赤裸圆润、面带红光的裸体女人。

"不，不，不！"新表现主义画家大声喊道，"不是我的，不是我的，都是别人的。"与此同时，马蒂亚斯虔诚地俯身看着其中一幅随意拿起的画，似乎在按重量计算那副肉体的价值。

"很不错，"马蒂亚斯欣赏地说，"有火山岩浆的感觉。"

"稍等，"德国画家再次声明，"我的是另外一幅。"边

1　指的是位于雷科莱托斯大道和阿尔卡拉街交界处的陆军部，目前由国防部使用。

2　塞万提斯在《堂吉诃德》上卷的序言中用同样的形容词来形容自己的作品："……形似枯槁、骨瘦如柴、性格古怪、想入非非。我才疏学浅，编的这个故事免不了和那孩子一样。"这里用来讽刺德国画家的作品。

说边指着隐藏在巨大画架后面的一扇门。

画室的主人，"好得"的艺术家伴侣，似乎对自己的审美理念有非常明确的想法，并且毫不羞怯地反复展示这些想法，毫不掩饰地实践自己的想法。那些面色绯红的女人带着千篇一律的微笑，她们的四肢遵循着艺术中最常见的组合方式，摆出各种姿势。毫无疑问，每张画布上呈现出两个身体远比一个身体更能通过组合和排列产生出无限的可能性，但即使不靠这种方式——这行为看起来更像是个戏法——艺术家也已经成功地用他简单的手法传达出了无限的概念。

"在女性肉体中的欢愉。"马蒂亚斯开始说。

"无限的优雅洒落。"佩德罗接着说。

"拜托。不是我的。"

"不是你的，但是非常好得。"

"才不是好得！不是那样的！这不是艺术。没有任何表达。不是表现主义。德国艺术不同。"

"裸体的数量显示了一个民族被压抑的程度。"佩德罗想到了自己的压抑，带着些许困惑说道。与其前往一个所谓的"自慰集中营"，还不如待在牡丹盛开的巨大的温室里让人更愉快。

就像是回应某种心灵感应似的，马蒂亚斯叫喊道：

"除了毒气室，我想不到别的什么了。"

"不是毒气室。震惊！"德国人抗议道，然后重新用他的逻辑和解释方法继续说道：

"这些画不是我画的。我画的画在那里。"他晃着长长的手臂，做着令人困惑的动作，领着他们穿越了宽敞画室中的这片肉体的空间。

"在进入毒气室之前，他们让女人们都脱光衣服，给她们一条毛巾和一块肥皂，让她们以为只是要洗个澡。但她们变得更苗条了。"

"骇人的死亡场景，不要打扰我的长眠，"佩德罗引用道，"当时我没有死在那。现在我还活在这。"

"我说我的画在那里。"

"那些人手上没有肥皂，好让一切都干干净净。"

已经抓狂的德国人冲向他的艺术隔间，穿过狭窄的门后，消失在他们的视线中。不一会，他们听到一声尖叫和一句毫不形而上的誓言，他习惯只在光线充足的白天工作，而画室没有任何电气设备，他根本没办法在一片漆黑里向他们展示自己的画作。他很快就出来了，一只袖子上沾满了新鲜的绿色油漆，另一只手里拿着打消了他们周六夜晚乐趣的罪魁祸首，他一直想要展示的画作。夜晚引发的眩晕和周围街道上肆意散发出的原始生命力现在被一个立方体的空间所隔离，和他们毫不沾边，这些力量正在一部分熟睡的邻居们占据的空间里涌动，于是这两人打算在酒精的迷雾中找德国人算账。而这家伙正在把那幅新鲜的油画当成对夜晚、眩晕、毒气室、裸体引发的反感还有他自身的完整解释。

那是一幅糟透了的画作。在深棕色的背景上，用浅褐色和地狱般的红色勾勒出一座遭受轰炸的城市的残垣断壁。石头在两边堆得太高，形成了一个城市峡谷，虽然没有完全被碎石堵塞。画面的焦点是一群看似人类但身形较小的蚂蚁般的生物。

这些生物像一股巨大的河流涌向画面的前景。这些肮脏又扭曲的昆虫般的生物疯狂的姿态似乎表达了一种集体的绝望，这种绝望之中包含了苦难给他们带来的无尽痛苦和他们被施加的严格正义的意识，这些痛苦似乎是他们应得的。画面的像粪便一样的特征和主人公蠕虫状的外表并不妨碍这个醉醺醺的艺术家如母亲（而不是父亲）看着新生儿一样热切地凝视着它。这个语言表达能力有限但付钱可靠、富有观察力和幽默感，在周六晚上像巫师一般神秘地出现，并且特别在与他内心深处的无聊和平庸形成鲜明对比时，渴望从他人的享乐中获得满足的人，说什么也要坚持把他们拖过来看看这个。

"他之前说了什么？"

"震惊。"

这正是两位非表现主义的伊比利亚人的评价，他们从未建过毒气室，尽管他们可能在斗牛场上大声呐喊，直到最后公牛的角扎进了斗牛士的腹股沟[1]，他们并非屠杀[2]的策划者，却在数百年前的宗教审判所和极刑中继承了他们的基因。

"好得，我们已经看到了。"马蒂亚斯说。

"你觉得好吗？"德国人问，总是一副对这个世界上的事物漠不关心的姿态。

"非常好得。"

1　指的是曼努埃尔·罗德里格斯·桑切斯（Manuel Rodríguez Sánchez，1917—1947），艺名为"马诺莱特"（Manolete），西班牙最伟大的传奇斗牛士之一，因大腿动脉破裂死于利纳雷斯斗牛场。

2　指对犹太人的大规模迫害或屠杀。——译者注角的出租车就在附近带着威胁地靠近他们，在夜晚发出刺耳的鸣笛；事实是，穿着深色麂皮外套、嘴上涂着深红色口红、皮肤黝黑、浓眉大眼的女人们从他们身边走过；事实是，各种霓虹灯广告牌在他们浑浊的意识云雾中变得清晰可见；事实是，他们内心深处有一种模糊的意识，经过一段不确定的时间，满足于享受不可预见的欢愉之后，他们不得不回到自己的容身之所，在温暖的避风港里稍事休息，然后被一声难以想象的召唤吵醒——就像审判的天使号角一般——他们随之进入一种持久的现实，在这个现实中，他们就像是螺丝或者机器的金属零件。他们时而步履蹒跚，但却并没有停留在被切割的现实中，而是漂浮在更低端的存在里，那里的界限模糊又迟钝，友谊不是作为精神上的理解被表现出来，而是作为肩膀上的动物般的温暖和对一个危险的重心的支撑，这个重心是他们将自己垂直地依靠在他们站不稳的脚跟上，在有限的支撑面之外被右脚和左脚两个无形的骨三脚架所包围，由于神经纤维的低效运转，它们笨拙地引导着身体，远不及正常情况下的表现。

　　但即使是最糟糕的时刻，也只不过是一个片刻而已。人类的本性是有限的。虽然在某个特定的时刻，一个人似乎能够逃离自己的存在，无论是运动员的跳跃，女芭蕾舞者的旋转，与神灵直接接触的狂喜，还是纯粹的沉醉，将自身化为纯粹的欢愉，摆脱时间的束缚，这些永恒的闪光是不完美的、短暂无常。运动员完成跳跃，他的大腿肌肉就必须抵制住膝盖的弯曲才能平稳落地；女芭蕾舞者完成的旋转会终止在舞伴坚定而温柔的臂膀里；神秘的狂喜伴随着下腹的灼烧暴露出它可怜的升华本性，而酒精的沉醉会终止于呕吐或是尖叫。

　　他们也带着这个时刻永存下来的味道度过了最糟糕的时刻，喝下好几杯无糖黑咖啡又反复呼吸了街道中冰冷的空气之后，他们慢慢觉得不太需要彼此的重力支撑了。一旦他们的头从葡萄渣滓白兰地的恶心感中冒出来，就会明显感到要朝着圣马科斯街[1]去了。但他们强健的胃已经把白兰地压了下来，没有呕吐，手指也没有明显颤抖，虽然面色发绿，但走路并不踉跄，他们发现自己坐在一家小咖啡馆的红色绒布椅子上，咖啡馆里有一个镀镍的吧台，那里有一台自动唱片机不停地播放同一首安达卢西亚歌曲——一首堕落的深歌[2]，还有唱片上的刮痕带来的杂音。稍远处坐着一个卖花生的胖女人和一个外表看着有些残疾但眼睛不瞎的老人，他正透过墨镜专注地盯着他们。社区的巡夜人穿着平常的腰带和围巾，靠在吧台上。远处的几张桌子那边坐着一个做深夜买卖的女人，虽然她看起来悲伤又纯洁。在她上面更高一层的桌子上，有其他一些老年人，可能是附近电影院的引座员，静静地喝着他们的咖啡。厕所的门吱吱作响，一开一关间能看到里面锈迹斑斑的镜子，甚至连暖光灯泡的光线都反射不出来。这个在过去幸存下来的场所还没有完全变成咖啡厅，它散发出的忧郁氛围太过强烈，让人无法长时间忍受。巡夜人眯起眼睛看着他们，一对穿着黑衣服的小混混再次操作着自动点唱机播放出那首忧郁的歌曲，轻轻地用脚跟打着节

1　这条街通向巴尔基约街，非常靠近国王广场，位于陆军部的对面。

2　一种古老的安达卢西亚吉卜赛民歌。——译者注

拍，一言不发地笑着看向彼此，几乎不拍手，整个晚上都小心翼翼把白色围巾完好地搭在领口和脖子上又长又黏腻的头发之间。

*

«那个男孩在外面会像个迷失的人一样四处游走，就像我那亡夫，虽然他实际上不是这样的，他是我们姑娘的好对象。我觉得朵拉那个蠢姑娘已经让他开始保持警惕了，她太过明显地向那些不谙世事的人示意这个姑娘是一道美味佳肴，换作一个有经验的男人会明白，但这个可怜的傻孩子——我喜欢他就像他真的是我的儿子一样——却没有意识到。他把她当成一个小女孩，如果意图太明显，他就会逃走，去找另一个住处，换些事情做。然后，我们的姑娘就会被丢在晃动的摇椅上，或是不得不在这些无处可以安身的货色中挑一个，好像她是专门为他们准备的似的。之前我宁愿她像她母亲那样做，虽然不大好听，但至少不会太凄惨。但现在我不这么想了，我们还没沦落到那个地步。她会吸引到他的。我相信他会被吸引。他就是那样，有点像个心不在焉的知识分子，或者研究员之类的。他从来都看不清也看不透事情，就因为他没有经验，所以需要更长时间来欣赏这个姑娘。当他某天意识到自己被卷入其中的时候，他是不会自行反抗的，他会全身心地投入，会像一个绅士一样履行承诺，因为他是一个绅士，这也是我为他着迷的原因。绅士就是绅士，会信守自己的诺言。不像那些不知廉耻的流氓，简直是一群混蛋。不像她父亲那个混球，愿上帝保佑他永远别出现在我们的视线里。问题是，当他出去的时候，我简直不知所措。我无法入眠。我们这个年纪的人觉不多，尽管我保养得不错。他一出去，我就会不停地想象着他在那些咖啡馆里和女服务员们厮混在一起——如果那些咖啡馆还在的话——或者被他的狐朋狗友们带到那些私人场所，我敢肯定他连跟着音乐拍手都不会。我想象着他和那些肆意妄为的女人混在一起，她们可以对他做任何事情，腐化他，改变他原本的样子，让他睁开眼睛。他并不是没有睁开过眼睛，当然，那个小天使可是生物学的学生，但他有时看起来那么天真，着实让我感到惊讶。在我看来，其他男人不会让这个女孩一直保持着她从母亲子宫里出来时的纯洁模样，但他没有碰过她，即便我把她安排在他卧室的隔壁，当然，朵拉那个傻姑娘肯定会过来说："那小朵拉就要一个人睡觉了啊。"男人们自己就会觉察到这种事，根本就不需要大声说出来。他要么就是很天真，要么就是太好，还没尝过这事的甜头。我认为在我那个时候根本没有这样的男人。他喜欢她，当然喜欢，这一点很明显。他看着她的眼神会变得温柔，而她非常调皮，虽然也很天真朴实，总像个傻瓜一样在摇椅上荡来荡去，偷偷瞄他。我不知道这个年轻人怎么会如此天真。但是他们会带坏他，这是肯定的。姑娘一个人睡让我有点担心，因为这会让其他人有可乘之机，比如那个推销员，他恐怕会觉得这是给他的暗示——这是个绝好的机会[1]，就像我死去的丈夫抚

1　原文为意大利语bocato di cardinale（意大利语bocato的正确拼写为bocatto），意为红衣主教吃的美味佳肴，此处指垂涎美色。——译者注

摸着我雪白的大腿时经常说的——现在这双腿也依旧白皙——他总要装作咬了一口。多么滑稽！但他是个真男人！我也喜欢这个男人，我喜欢他，但我不知道该怎么激发出他男人的那一面，毕竟在我看来，像给我的女儿做媒一样也给我的外孙女做媒并不是什么体面的事，尽管我知道自己可以做什么。那个傻瓜，当初舞者抛弃她把她丢下的时候——如果不是因为我和我的撮合，她就不会这样了——我并不感到羞耻，毕竟这就是上帝创造世界的方式，几个月后，我在小河边碰到她，我从未见过有谁像她那样自以为是，毫不清楚自己的价值，就像那个想让她安顿下来的小丑说的，那个想把她带到法国巴黎去的人，那个法国人说他什么都懂，要不是我看得清，插手阻拦，我就会落得孤身一人，女儿也被卷跑了。但我不是这样的，在预示着年龄变化的月事彻底结束的时候，我已经过了那个阶段，我对那些咖啡馆音乐会了如指掌。当你想做那种交易的时候，最好的交易场所就是自己的家里，一个体面又满载荣耀的家里，然后所有人就会认为这买卖是道德的，他们的嘴会变得像蜜一样甜，甚至会谈婚论嫁，尽管最后他们克制住了，因为一切都显而易见，再没有什么可以遮掩的了。问题是，我现在在这儿心神不宁，为他在星期六的晚上出门担心不已。星期六的晚上。难不成他是我儿子吗？即便他是，一个男人也必须像士兵一样历练自己，尤其是他从未参加过战争。这就是现在的男人们的问题。他们没有赶上过战争，那场战争爆发的时候他们还很小，世道和平，加上吃得并不丰盛，这些都让他们对女人充满不确定感，认为女人就像是一颗要用镊子去夹的钻石，需要先用法语和她们交谈才能了解她们的内心。如果他们参加过战斗、征服和侵略，知道掠夺被征服民族的神圣权利，而不仅仅是在小说中读到这些，情况就会完全不同了。他们的气质会变得不一样，我们真是可怜啊，要是那样，那个傻小子不仅会早早就进了我外孙女的房间，现在事情发展得可能已经无法控制了，连我们都会被吓到。我们就会看着他和我们擦肩而过，就像是看到了魔鬼的蹄印，更多是因为他制造的马蹄声和留下的烧焦气味，而不是从他嘴里说出来的甜言蜜语。但是，显然，如果他像那个混蛋舞者一样，我们的女孩就会继续睡在我的房间里，所有的计划也会完全不同。他顶多会跟朵拉那个傻姑娘讲些猥琐的笑话，她总是会被那些低俗的话逗笑。我呢，就会皱着鼻子跟他直说这是一个体面的家庭，然后把他打发走。还好他不是那样的人，他就像我们的圣路易吉·贡扎加[1]，只需要念珠和百合花，他会乐于跟我们交谈，晚饭后会在餐厅里待上好几个小时，甚至如果有一天他穿着深蓝色的西装，手捧着一束适合我这把年纪的紫罗兰色的鲜花跟我求婚，我也完全不会感到惊讶，虽然我依旧保养得很好。»

*

通过一些明显的迹象可以感知到神明在靠近，俄耳甫斯夜间庆典仪式的庙宇就在附近。为了确保这片区域的良好秩序，

1　路易吉·贡扎加（Luigi Gonzaga，1568—1591），意大利贵族贡扎加家族出身的耶稣会会士，被受耶稣会启发成立的一个年轻团体视为守护神。

市政当局甚至谨慎地减少了公共照明系统，保守地增加了通常会在肚脐位置佩戴照明灯的门卫数量。这些门卫早在很多年前就被拿掉那些发光的脐带了，但他们还是自豪地炫耀着一串发亮的钥匙和厚厚的围巾上一张无所畏惧的脸。穿着雨衣的年轻工人——以前被称为手工艺人——和各种自由职业的学徒，以及经济实力更好的年长些的男人，是这种迎着危险和困难前行的大部队的中坚力量，他们需要做出英雄式的努力，彼此之间也需要羞怯的同伴情谊，他们避开彼此的眼神交会，尽管互不认识，但在后背亲切的拍打中，他们知道，彼此因为同样无耻又露骨的人类天性而走到一起。

　　从一开始，为了试图驯服这个顽固的野兽而进行的复杂行为就被烙上了命运的印记。为什么我们要去17号而不是19号？谁知道我们最终会停留在哪里？谁知道我们本能所钟爱的那个对象，让我们保存着愉悦又模糊的记忆，在此刻的深夜，是否已经睡着，毫不关心我们是否会来？谁能保证，如果她不在那里，又会不会从同一条街的21号转移到13号？谁能确信，那个目瞪口呆的祭祀者，看到同样的肉体在穿着稍作改变的伪装下——黑色紧身裙代替了红色泳衣，发黄的斑驳浴袍代替了天蓝色两件套，黑色秀发和白得发亮的牙齿代替了染成两种颜色的头发和皱巴巴的嘴唇还有摆在床头柜上的断了的假牙，上好底妆的深色皮肤代替了精心修剪的胡须，黑色的法式内衣下坚挺的乳房代替了绿色丝绸衬衫里下垂的胸部——还能认出她来？谁能期盼，她被认出来的时候，代表着欲望的生命之蝶会再次飞舞，而不是在看到她和刚才我们没来的时候她提供服务的男人一起下楼时，被恶心带来的巨大打击压扁？无论如何，抛开这些令人不快的问题吧，因为偶然是神，比爱更能主宰这样出人意料的游戏。

当周六晚上的人潮涌入走廊的时候，堂娜路易莎便充当起了女性闸门的角色，人们想要进入房子各个巧妙的空间时，她只需移动她的身体，用最有效的方式堵住关键的十字路口，把那些被挤到街道的人们引向客厅——那里的等候室一个姑娘也没有——或是让他们沿着漆黑的楼梯下到一楼，进入守夜人和路易莎夫人退休的助手的领地，那个满脸皱纹的老女人负责从里面打开通向大街的门，其他时候她就坐在一张教堂里常见的小跪凳上。如果路易莎夫人关闭了所有通行，这个闸门就成了堤坝，甚至是防波堤，这时这位老将才显露出她的厉害之处。无论欲望之龙怎样怒吼着用它的红翼拍打她，无论他们呼出的火焰怎样猛烈地烧焦她高贵的灰色卷发，她都毫不动摇，坚决阻止那些没资格的人进入。也许只有谦卑的态度、温柔的眼神，或是熟人的巨额贿赂、极度年轻的特质和散发英气的俊美，才能在繁忙的夜晚打动她那颗严格审查的心。正是这样马蒂亚斯和佩德罗才能进入这座乐园般的城堡，而那些拿着辛苦赚来的25比塞塔硬币的粗糙的双手却因为层次太低而被拒之门外。

深夜时分，客厅的空气让人难以呼吸。那里的窗户永远都是紧闭的，里面狭小的空间从午后就开始堆积肉体散发出的气味和无法排出的烟草味道。客人脚上的泥巴干了之后甩起来的灰尘，廉价的香水，分散成千计万计微小球状颗粒的咳嗽，男人们头上抹的发蜡，所有这些混合在一起形成一团浓雾，客人们只有通过这层雾气才能朦胧地看到那些靠着长长的墙壁排成一列的雕塑般的身体，披着又短又怪异的衣服，然后和她们讨价还价。与楼梯里喧闹的咆哮声还有极其丰富的触觉、嗅觉和视觉元素形成对比的，是如教堂一般的客厅里充满谨慎和羞愧的沉默。从侧面瞟过来的偷偷摸摸的眼神传达着无声的欲望。有时，比一般人更容易受到诱惑的三两个客人会在一起聊上几句，希望可以摆脱女人们那赤裸裸的目光，她们想着快点挑好自己未来的牺牲品兼刽子手。在这里，挑逗只限于最基本的动作：一个在陌生女子身上绝对看不到的坦率、直接、毫不掩饰的眼神，一双天真中带着邪魅的微微张开的嘴唇，一副摇曳的肩膀和暗示着远方岛屿的模样的扭动的臀，还有一对在轻薄的衣衫下晃动得更明显的摇摇欲坠的乳房。尽管她们客观存在，还散发出香气，但那里的寂静沉默把女人变成了随时会消失的幽灵。可是任何一个男人，只要把头稍微向一侧倾斜、用凝视猎物的方式看着她们，就能立刻让她们停止原始的表演，然后，她们会把手放在紧身裙子、松散的头发或是其他妨碍她们走路的东西上，并迅速朝着爱的地牢走去，紧跟在她们后面的就是交易的买家。在楼梯间，他可以把手放在她那勾他魂儿的摇摆的臀部上，感受一下他雇用的对象的身体特质，接下来要进行的就是支付必需的25比塞塔硬币，还有一小笔是给拿毛巾和水桶的女仆的。"祝你今天好运。"女仆带着敌意讽刺地说道，她把一枚圆形的铝制硬币交给被赋予了权威和权力的女祭司，后者小心翼翼地把它放进挂在腰间的布袋里，那里面的硬币发出轻微的叮当声，新放进去的硬币和其他硬币堆聚在一起，象征着剥削和永远无法挽回的未来。

但马蒂亚斯就像是这个家族里的一部分，他不能接受刚刚那样简单又直接的选择过程，特别是像今天这样的日子，他灌下的大量的酒，还有伴随着醉酒的无所不知的能力，让他对跟陌生身体的初次接触要求更高、更精致。于是，他打破了客厅宗教般的沉寂，在一个廉价的妓院里做了不合时宜的演讲：

"耶路撒冷的处女们，不要为我哭泣，为你们自己和你们的孩子们哭泣吧！我在百合花丛中寻找你这朵百合，噢，黑夜中的陌生人。我的心上人在哪里？那能让我疲惫的脑壳休息的温暖的胸脯在哪里？"[1]

一个上了年纪的女人懒散地坐在角落里，早已放弃了任何挑逗性的身体移动，把希望寄托在那些急不可耐地把她的同伴们带上楼的男人身上。听着马蒂亚斯的发问，她不禁笑起来，举起她那洁白的双臂，用在这房子里被严禁的方式搂着他的脖子，说道：

"来吧，帅哥！"然后低声说："你想让我为你做点什么吗？"她就像疲惫的母狮一样扑向这唯一能够触碰到年轻躯体的机会，男人的到来又给了她在辛苦的职业末期再出山的机会。

但是路易莎夫人的仆人们突然猛烈地扑向这对亵渎神明的

1　此处是对《耶利米书》和《雅歌》的讽刺。"耶路撒冷的处女们"指的是"耶路撒冷的人民"，在《圣经》中有时会出现这样的表达。此处旨在调侃一种虔诚的宗教语言，并暗示人们对希望和获得安慰的渴望。通过将《圣经》中的语言与现实生活中的情感和现象进行比对，创造出一种幽默和讽刺的效果。

男女，他们打破了这个只提供单纯视觉刺激之地的圣洁。这些穿着黑衣服的仆人们把他们俩和佩德罗一起推进了来宾室，那里是专门留给不好赶出去又不适合待在挑选区的人们的，他们的存在干扰了那些专注于这场视觉刺激的游戏的人。

*

这里是球状的，发着磷光的，响亮的，黑得发亮的，纤维触感的，幽居在褶皱里的，爱抚的，麻痹的，瘫软的，包裹在保护的褶皱中的，散发着气味的，母性般的，浸润着酒精从嘴里渗出，带着蓝色绒布的质感，时而被一盏发着微弱的光、在夜晚刺痛眼睛的灯泡镀上了金光。这里只适合低声私语和侮辱贬低，充满了妓女对醉汉的蔑视。这里，夫人像父亲也像是受敬重的神父，制定出明确又严谨的规则来豁免肉欲的罪恶。这罪恶是一个纵向的、让人心生厌恶的通道，当蠕虫的身体接触到围困着它的团块时，就会呈现出土色。它缺少重力，就像一个尚未成功的实验；它像旋转的陀螺一样指向北方，被用于一次秘密的旅程；它是冥湖，是一张金属床榻，从那里抻长的身体垂落在几乎没有弹性的柔软之上；它是以每小时一百三十千米的时速开过波尔多荒原的列车车厢，是一间遥远的里面没有女人的小木屋，当台风来袭时阻挡了黄鹂鹟飞行的被印度洋风暴席卷的船舱，一个类似于蒙特哥菲尔兄弟发明的热气球构造的藤条编成的篮，一部被推向高耸的充气橡胶摩天大楼的电梯，一间纹丝不动的让人感受到孤独的牢房，一筐秽物，一口成为粪坑的井，等待着污水通过灰色的老鼠和下水道将它带到大海；一个囚犯又一次慢慢用墙上的钉子画出一条美人鱼的形象，鱼尾像极了一条雌鱼的尾巴，被一个肥硕的女人注视着，被一个喂奶的女人轻柔地抚摸。脐带，胎盘，胎便，子宫内膜，子宫，输卵管，纯净空虚的卵巢，反质子宇宙中的逆向衰变，卵子分裂成其两个前身，而马蒂亚斯已经开始不复存在，休息室、访客室、废弃物室也都开始不复存在，那些好人家的酒鬼在繁忙的夜晚来到这里，扑倒在唯一一个不能工作的妓女身上，她以一种难以理解的目光注视着他们，而他们在一片混乱的橙子皮和土豆皮中和解并得到了拯救。

*

"夜晚甜美的女仆啊，让我忧伤痛楚的魔女啊，告诉我，你是如何找到永葆青春的秘密的？这么多的亲吻怎么没让你嘴唇上的红晕变淡呢？那么多床榻上的欢愉，你的肉体怎么看起来不像一块浸透在蠢孩子尿液中的海绵呢？说吧！把你的秘密告诉你的崇拜者吧！"

"才不是这样。你摸这儿！"说着她露出大腿，"还是很紧实。如果以前你见过我就好了，但你多傻啊！为什么要喝那么多？变成这个样子。"

"我不明白，是谁创造了这样的肉体？什么样的物质才能经受住地狱之火的考验，始终保持鲜活并盛开？"

"大金屌，傻瓜。"她突然爆发出一阵可怕的笑声，之前被

15瓦灯泡微弱的光线和厚厚的脂粉遮盖起来的皱纹尽显无疑。

"噢！美人！噢！永恒的奢侈品！噢，战胜了时间的女神！噢，荡妇！说吧，说吧，敞开你的心扉说说吧。你和魔鬼签了契约吗？"

"上帝啊！"她惊恐地喊道，"你在说什么？"她本能地压抑住了几乎无意识的冲动，画着诅咒的十字架。

"她一笑，我就忍不住转过头去看她。"佩德罗说。

"笑口常开有益身体健康。"老妇人回应道。

"你能正眼看她吗？"

"我爱她，我爱她，我想拥有她。"马蒂亚斯断言，却在冲向那摇摇欲坠的身体时被绊倒，摔倒在地，醉意的云雾笼罩着他，他躺在不久前神秘客人们丢弃的橙子皮上面。他没有尝试站起来，而是继续用他仅有的一只自由的手行动，而另一只手则被压在了身体下面，姿势怪异。"你们为什么要喝这么多？"她耷拉着脸难掩失望，好像猜到了那被困在身体痛苦中的状态根本无法让她享受欢愉的海洋。

"你们为什么要喝这么多。现在好了，什么也做不了了。"

听到这话，马蒂亚斯陷入失控的笑声中。

"要是没喝酒，你这个博学的人会做什么？"他边笑边问。

"我？"

"对，我在跟你说话。"

"别烦她！别嘲笑她！"

"我想要她，在所不惜。"

"来吧，小家伙，"老女人说，"你为什么要喝这么多？"

"去叫一下夫人。请她把最好的房间留给我们。我跟你去，要是趁今晚其他人都疲惫不堪的时候我还不能比他们更快活，还不如杀了我算了。这些懦夫！"他边说边挥动着长长的胳膊，做出威胁的手势。"一群懦夫！你们不知道人生苦短吗？不就是两颗星球之间的玫瑰时间吗？你们要拿自己的时间做什么？嗟呼，流年飞逝！[1]难道你们不知道肉体终会死亡，灵魂才能永恒吗？"

女人弯下腰靠近他，然后坐在柔软的橙子皮做的地毯上，把他的头放在她那双永远紧致美丽的大腿上。她用不再紧致的胳膊环在他的头上，抚摸着他垂落在苍白额头上像乌鸦翅膀一样乱糟糟的头发。她暂时忘记了佩德罗的存在，而后者正用充满惊讶的难以置信的目光看着她。她说：

"我们真要去床上吗？"她用撩人又略带沙哑的嗓音问道。

"是的，小魔女。"坠入爱河的年轻人回答道。

这时候，路易莎夫人加入了对话，她已经完成了作为闸门的功能，外面的门已经闩上了，市政官员口出恶言把剩下的一群失望的客人赶走。当她进入这三个人一起旅行的魔幻领域时，就恢复了平衡，理性的王国与释放的激情竞争，而她坐在金属长椅上的方式已经透露出，尽管她非常理解眼下的一切，但她打算打破到目前为止他们共同分享的神秘氛围。

"晚上好。诸位还好吗？"他们惊讶得接不上话。"真是个糟糕的夜晚！诸位真不该在这样的夜晚过来。现在所有姑娘

1　原文为拉丁语：Postume, Postume labuntur anni! 出自贺拉斯的《颂诗集》。

都很忙，大家都热闹着呢。我想说的是，星期六这种日子是留给泥瓦工的。您可不适合在这种日子过来。当然，这里的大门随时为您敞开。让您看到周围的蠢货这么多，我都不知道该怎么办才好。尤其是今天晚上，难以想象这房子来的都是些什么人，那么傲慢无礼，还那样粗俗卑鄙！要是他们都能像你们一样就好了！我真的受够了，全都喝醉了，我出了一身汗。莎罗，快来，给我从厨房里拿瓶汽水过来！"

"马上就来，路易莎夫人！"疲惫不堪的女仆答道，然后从地板上站起来，起身的时候脑袋砰的一声砸到了地板上。

"我马上给您拿过来"，那群像牲口一样被驱散的客人中已经要到退休年纪的人瞬间感受到了路易莎夫人带来的恐惧和压迫感。

"我这把年纪连一点安慰也得不到了吗？我踉跄的步子也要失去拐杖的支撑了吗？我再也看不到阳光了吗？哀哉，我的命可真苦啊，俄狄浦斯，厄勒克特拉，我的女儿，不要抛弃你年迈的父亲[1]。"他试图向坚韧的路易莎夫人展示他沉迷于梦游状态的深度。

"姑娘们都已经在床上了吧。"佩德罗随口说道。

1　根据索福克勒斯在他的悲剧作品《科洛诺斯的俄狄浦斯》中所述，失明并被流放的俄狄浦斯，被他的女儿安提戈涅照顾，而非文中的厄勒克特拉。在这段文字中，厄勒克特拉（Electra）引发了对"电"一词和出现在古希腊传说或索福克勒斯和欧里庇得斯悲剧中的角色之间的双关游戏：阿伽门农之女，成为她父亲记忆的忠实守护者，他在从特洛伊回到家时被妻子克吕泰涅斯特拉和她的情夫埃吉斯托斯所杀害。

"是啊，她们都上去了，除了那个睡着的和这个可怜的家伙。"路易莎夫人一脸和蔼地解释道，"她现在姿色不如当年了，但还是充满激情的。"她继续说道，"没错，她对男人着了迷。"

"我看得出来。"

"不像其他人。像你之前见过的那个年轻姑娘，那个高高瘦瘦、金发碧眼的，看着瘦骨嶙峋的那个。但你知道吗？她在这里就好像不存在一样。在这儿的姑娘都得随时随地准备提供服务。"

"她不适合做这行。"

"是啊，我也这么想，我觉得她连修女都不适合。但莎罗年轻的时候可是很值钱的。"

"这是您的汽水，"莎罗一脸讨好地说，"我拿的是最靠近冰的那瓶。"

"诸位也来一杯吗？"路易莎夫人边问边品尝这祭品，她的喉咙也随着吞咽一起一落。

"您不用管我们，"可怜的俄狄浦斯答道，"我既不知道也感觉不到任何东西。"

"你们为什么喝这么多？"路易莎夫人坚持追问。

"这是年轻人的事情。"佩德罗说道。

"那是当然，可以理解。"

"您怎么能指望我在没喝醉的情况下和这位天使一起入睡呢？"

"闭嘴，少说两句，傻瓜。"老女人说道，重新夺回她那躺着的骑士的身体。

"好了，我想您应该离开了。"路易莎夫人继续说，把头转向喝得同样醉醺醺但是没那么文绉绉的佩德罗，"如果你们不留下来，现在就得走了。已经四点了，您真的不想留下来？"她把剩下的汽水喝完，把瓶口沾满了她闪闪发光的唾液的瓶子递给他，"晚上这会太热了。"

"我们走吧，马蒂亚斯。"佩德罗说完就站起身子。

"Dieu et mon Droit.[1]"马蒂亚斯谢绝。

"我们得走了。"

"倒也没那么着急，不要勉强自己。你们可以慢慢来，诸位都是有教养的人，你们喜欢的话，也可以坐着聊聊天。"

"我是自有永有的。"[2]

"要是我能决定的话，您可以待在这里，但我们也有自己的规矩。"

就在这时灯毫无预警地熄灭了，晚上这个时间的断电就是一种常规情况。

"马上就好！限电了。"路易莎夫人说，"我去拿盏灯来。"他们能够听到她脚上穿着拖鞋在地板上乱走的声音，不时还用手指在墙壁上轻敲着，好找到方向。

灯光熄灭后，那个简陋的空间散发着呕吐物和橙子的气

1　此句为法语，意为"汝权天授"，是英国君主的格言，也出现在英国皇家徽章中盾牌下的卷轴处。——译者注

2　出自《圣经》中的《出埃及记》第3章第14节，为上帝对摩西的回答，此处可理解为"我就这样"。

味，又重新变成了充满魔法和梦幻的地方，因为巫婆已经消失不见了。

"我早就知道！这是诸神给我准备的惩罚！"马蒂亚斯大声喊道，"残酷的失明时刻来临了。"

"你在说什么，亲爱的？"莎罗热情地说，在黑暗中用自己的嘴寻找着他的嘴。

"噢，可怜的俄狄浦斯，我再也看不到阳光了！看，我就在这把自己的双眼挖出来[1]，用右手的指甲挖下右眼，用左手的指甲挖下左眼。虽然它们对我没有用处，但我还是能在手中感受到它们的温度。厄勒克特拉，到我这儿来，厄勒克特拉！"

"你尽管喊她，反正也没有用，电要到六点钟才能来。一会儿路易莎夫人会拿一根蜡烛来，"他喜欢的姑娘安慰道，"没关系，我们有时间做我们想做的事情。"

佩德罗趁着他们正沉浸在极度兴奋的狂喜中，溜出了房间。一道微弱的光亮指示着门的位置，他设法摸索着从走廊走到了楼梯。在不同的楼层，他都能看到男男女女们在火焰的光下热烈地表演。那些已经完事的女人们正领着她们那一小时的情人走到街上，左手仍然搭在他们的腰上，右手稍微抬起，好让光线照射得更远一些，能看清走的路，不会跌跌撞撞被绊倒。女人们裹在风衣里，羞红了脸，谦逊地和情人道别，而他

1　再次提及索福克勒斯的悲剧《俄狄浦斯王》。俄狄浦斯是底比斯国王拉约和王后约卡斯塔的儿子，他在戏剧结尾得知自己杀死了亲生父亲，还与亲生母亲结婚并生下子女。他无法原谅自己的罪行，用刀刺瞎了自己的双眼。

们则板着脸，阴郁又孤僻，耳朵发红，发红的耳朵藏在磨破了的衣领里，默默地匆忙离去，头也不回，仿佛被诅咒驱使了一般，只有黑暗又冰冷的夜晚才能够像大海一样净化他们。

*

佩德罗踉踉跄跄地往回走，腿软如棉。他害怕自己留下了什么东西，同时又被内心的恶心所困扰。他试图忘记生活中的荒谬之处，不断对自己说：这很有意思。重复着：一切都有它的意义所在。反复嘟囔着：我没醉。他思考着：我很孤独。又想着：我是个懦夫。他反复思忖：明天我会过得更糟。他感觉到：天冷了。感受到：我很累。口干舌燥。他期盼：经历过一些事情，能够遇到一个女人，能够像别人一样让自己放松下来。他希望：不再孤独，能够感受到人的温暖，被一个亲近的灵魂所需要和依赖。他恐惧：明天会是一个空洞无聊的日子。他又想着：为什么我喝那么多？他害怕：我永远无法学会生活，我将永远生活在边缘。他确信：尽管如此，这并不是我的错，也许无论怎样，我都不能渴望成为那样的人。这不是我的错。肯定是哪里出了问题，不仅仅是我一个人的错。他确信：问题就在那里。但谁能去解释什么是错的呢？在那儿的那个女人，其实并不应该在那里，既然她没有用，在那儿待着就没有任何意义。她一点也不像天使，除了没有翅膀之外，似乎她唯一的追求就是自我毁灭。天使可以背叛她的神，但这个"半天使"只会反抗她的母亲。他控诉：她是个糟糕的老女人，但也

111

只是个糟糕的老女人。最后他明白：我是个可怜的傻瓜。

　　他穿过空荡荡的街道，昏暗的灯光几乎将一座座建筑物立面之间的空隙分隔开。行色匆匆的孤独的男人们，皱着眉头，帽子深深压在额头上，避免跟他打照面。已经没有汽车了。只能从远处感觉到一些四方形的、寂静的影子经过。巡夜人已经去了不为人知的藏身之处睡觉，无论他们把巴掌拍得多响，也没人能从那些地方把他们给找出来。也许一个卖烟的乞丐还会躲在皇后大街[1]边上的一所房子门口避风。或许就在这里，也可能有一个挂着拐杖、满身酒气的乞丐，试图用一种与通常在教堂门廊乞讨完全不同的伎俩。有一个皮肤黝黑的女人，穿着一件阿拉斯特拉罕大衣，头发梳得整整齐齐，抹了闪闪发亮的发油，戴着一朵康乃馨。她递给他一杯茴香酒，像是卖给他一种毒品一样。这女人笑容可掬，似乎也准备在非营业时间之外出售其他商品。但是，现在所有的一切都过了营业时间，他只是把大衣领拉起来，努力装出不累也没醉的样子，匆匆忙忙地朝着远处的公寓走去，朝着进步广场，穿过宽敞的塞维利亚大街，那里灯火通明；然后愉快地穿过更窄的小巷，从那里飘来各种油炸物和油条热气腾腾的气味，过不了多久，那些英勇的、下午五点就上床睡觉的街边小贩就要出来卖这些吃的了。最后，他到了那条落寞街道上熟悉的门前。多亏了祖母的母性关怀，他不仅有房间的钥匙，大门的钥匙他也有。他只需要用

_____

1　皇后大街是与格兰大道平行的一条街。后文提到的塞维利亚街始于卡纳莱哈斯广场，汇入阿尔卡拉街。

那把长长的铝制的轻便钥匙打开那扇厚重的大门——这是一把铁钥匙的复制品，由门房保管，从未借给过其他任何人。门关上的时候发出隆隆的低响声，在晚上听来比白天更响。接着，他扶着虫蛀的扶手上了楼。他沿着墙去摸电灯的开关，在按之前必须思考一下，不要按错了门铃。要是不确定，就不要去按开关，直接小心翼翼地爬上去，在黑暗中数着楼梯数，沿着散发出刺鼻气味的墙壁摸索着，满手都是粗糙的石膏，上面画满了铅笔的痕迹，还有谜一般的刻字和扭曲的图案。终于，他靠着神奇的能力只尝试了一次就成功地打开了门，进入了房间。旋即他的脸被那熟悉又刺鼻的气味所包围：厨房的臭味、洗衣房的潮气、推销员和那对没有孩子的夫妇的口气混杂在一起的味道，女佣廉价的香水味和女孩身上贵一点的香水味——尽管几乎没有区别——还有老妇人用的紫罗兰味道的香水味。他走了进来，突然间沉浸在温暖的家庭氛围中，倍感亲切。他靠在门框上，停下来感受到那肉体的温暖。整个房子都充满了生机，因为有这么多人躺在床上。可以听到低沉的呻吟声，微弱的呼噜声，那庞大的身躯还没有开始打鼾。一切都在静静地同步发生着，默默期待着他的归来。那边就是他的房间，里面铺着他的白色床单、厚厚的毛毯，还有他睡觉时要用的枕头，他喝过水的杯子里留下的汤的味道，还有他的旧书。这里有一些坚硬的不美观的物件，衣架的双臂朝上，柜子上摆放着一些可怕的人形瓷器，一盆绿色的植物，一张小茶几上铺着绣花台布，一把没人坐过的塑料椅子，一只不需要浇水的人造仙人掌，一个装饰着希腊浮雕的金属雨伞架，一颗放在挡着暖气片的桌子上的水晶球，还有除了除夕夜以外从未开过的暖气片都在等着他。所有这些东西他闭着眼也能看到，不需要冒着打扰到其他人的风险去开灯。他闭紧那两只对他毫无用处的眼睛，想着这"第三只眼"。而当他做出紧闭双眼这个外在看不到的无效动作时，第三只眼睛在他的幻想里又闪现出一幅生动的画面。小朵拉正在她的卧室里睡觉，修长的身体正躺在房子里最好的床垫上，祖母不允许除了她之外的人睡在那垫子上。他那两只正常的眼睛没办法区分那副身体，因为它被几层毛毯、床单、睡衣包裹起来，甚至可能还有旧外套盖在上面，但第三只眼接收到了一些奇妙而精确的波动，可以穿越这些障碍极为清晰、完整地找到她。他能够真真切切地看到完整的她，躺在那张永远不停摇摆着的摇椅上等着他。整个房子宛如盒子一般沉默，被看不见的紫色或是天蓝色的天鹅绒所覆盖，甚至当他撞到门框还是桌子上的时候，几乎感觉不到疼痛，也几乎听不到在黎明的衬垫中回响。她正在周围空间的平行深处和他兴奋的大脑记忆中等待着他。年轻姑娘的立体形象出现了两次：通过其中一条隧道，它延伸到几乎无限期的聚会，无限期的沉默，母亲们无限期的有用意的言辞，色彩鲜艳的浴袍无限期的更新换代，年轻躯体无限期的蓬勃盛放；而在另一条隧道中，只有他从未见过的静止的形象：呈蚕茧状的赤裸的身体，拥有完美的形态和准确的原型，就像无声的美人鱼一样，这具身体的召唤在世界上永恒的情色文学后面回响，在侍者狡黠的表情后面回响，在那些粉红女郎画像里的陌生模特儿后面回响，在新表现主义中螳螂的痉挛后面回响，在满头大汗的妓女紧实而圆润的身体后面回响，在充满期待的妓女最后的凝视后面回响。这就是爱吗？难道爱是匆忙收集起来的意义吗？难道爱是将世界团结在一个象征性的存在周围吗？难道爱就是摧毁个体的行为，让另一个完全无法理解的现实裸露出来，但我们坚决要将其融入我们摇摆不定的存在中吗？

不，这不是爱。他知道这不是爱。夜晚各种怪诞事件的积聚，所有熟悉的物体和温暖的氛围，酒精的迷醉和未被满足的情欲，只有他自己的一小部分在沿着路行走，那是最卑微、最温情、最诗意的一部分，就像植物无耻地展示着其被淫秽美化的性器官一样，让我们这些动物所熟知的丑陋看起来变得美丽。而更重要的生活构建、超越自我的发展以及不愿成为城市、国家和时代肤浅现实中的一部分的野心，都被抛在一边。他是不同的，和那些被动顺从的阶层、有趣却空洞的分支毫无相似之处。他生活在另一个世界，那是柔弱倦怠的女人不能进入的世界。他选择的是一条更加困难的道路，通向另一种女人，在那里，最重要的不再是原始的、周期性的活力，而是一颗自由又清醒的头脑。他不能像只苍蝇一样陷入这朵微开的花中被裹住了脚。

然而，正当他的右手握着一个世界，想打开自己苦行僧式的卧室门时，他的左手却怀着愉悦的爱抚轻轻地打开了内心渴望的花蕾。

当感觉到触摸她身体的那双犹豫不定的手时，小朵拉吓了一跳。她的身体有些颤抖，低声问道：

"亲爱的，是你吗？"

佩德罗沉浸其中，几乎无法区分出什么是身体，什么是温暖的怀抱。但即使是在凌晨快要被一个优柔寡断的醉汉冒犯的时候，女人本能的意识也要从他身上得到一个先前关键问题的答案：

"你爱我吗？"

"我爱你。我爱你。我爱你。我爱你。我爱你。"当佩德罗感觉到了从自己的嘴唇里滑出的这些承诺的话时，从远离他也远离她的灵魂的某处清醒的角落，他能看到远处被抛弃的、孤独的、机械的两副躯体，他们彼此远离，那么陌生，那么失落，那身体不是被他所拥有，而是被某个恶魔所占据，这两副身体像魔鬼与女妖般地颤抖，一个缠绕在另一个上面，然而这并不妨碍男人最为猛烈的快感隔着距离向他传递并灼烧着他，通向他在那副躯体的角落里找到的避难所，在他灵魂中最自由的地方坚持了片刻，然后不可避免地释放，倒在那里。

甚至在他沉浸、漂浮、再次沉没于漫长的空虚中，寻找着无法实现的梦境深处时，"你必须走了。"这些语言残酷地唤醒他，将他带回到干邑的阵阵恶心之中，一口口咸味的唾液充满了他的整个口腔。但她仍旧还要问他，把两只温暖的手臂搭在他的后颈上，一边亲吻他一边问：

"你会永远爱我吗？"

"永远，永远，永远，永远。"然后他跟跄地朝着黑暗的走廊走去，那里充满熟悉的物件和气味，散到半开着的卧室门里，那是长辈们已经衰退的躯体仍在有规律地呼吸的地方。

*

　　一个老女人心脏和大脑的皱褶。一个陷阱。当肉体已经不再是肉体，而只是一种难以描述的物质时，女性的柔情就会变为狡诈。拉皮条的女人是为了不挨饿，为了不必撤下窗帘，为了不做一个寡妇，才去拉皮条。为了不成为天天擦地板的那种寡妇。那就是狩猎。狩猎的好处远大过贩卖和租赁。赶紧抓住他，因为他已经陷落了，这样的人不会逃跑。他会信守自己的诺言。她没有好好睡觉，老女人们必须要坚强。她们不需要睡觉。既然老化了的身体已经分不清疲劳和休息，何必要睡那么长时间？为什么要对那些骨头还没感受过寒冷的人关上那双敏锐的耳朵？如果那双满是皱纹的蓝眼睛在夜晚还能看清事物，能够吓唬到正面对着你们的人，而且你们知道他也知道你们所能看到的，为什么这双眼睛要闭起来？他实在是太天真了！现在他的肉体已经不在他的那些骨骼上了，而是陷在这房子里最好的床垫上了。他的肉体跨越了世代的差距，最终落在了那里。这过程是一样的，准备去感受她曾经感受过的东西，那个她仍然记得也仍然可以想象但再也感受不到的感觉。终于！那个娘娘腔的混蛋舞者的仇已经报了！那个戴着厚厚的眼镜、狡猾地评估商品的银行家胖子的仇也报了！终于！你可以在坟墓里嘲笑了，傲慢的军人，追逐菲律宾女人的人，收集裸体土著女人照片的人，你用那些东西毒害了你妻子的血液，损害了你独生女儿的名誉。笑吧，一切都已经重建起来，你姓氏的合法性也已经被恢复，虽然一度迷失，但很快它就随着证人的签名一起被登记在册，一代又一代地延续下去！

*

"晚上好，"老女人嘶哑的声音传了过来，"这都几点钟了？"

"是的……我……好吧，已经很晚了。晚安！"他比自己想象的更加用力地关上了房门，颤抖着，红着脸，生着自己的气，在老女人面前感到既愤怒又无用，他厌恶这个世界，厌恶自己，厌恶一个模糊不清的未来。在这未来中，有未发现的癌症和被夺走的贞操，尽管这是属于他但却不会再为他所用的姿势。

他锁上了门，一个人待在房间里。有一瞬间他心中充满了男性特有的满足感，他感觉自己像是站在墙头上的公鸡，高声发出嘹亮的咕咕声，嘲笑着那些在下面四处游荡的无翅动物：猫、狐狸。这咕咕声在说什么？但是我喝醉了！而她呢？她在睡觉；她已经入睡了。她睡着了，几乎没有醒来。这就是个甜美的梦。她在睡觉，那我在这里干吗呢？什么咕咕声，还是对着月亮狂吠，有什么意义呢？我为什么要知道自己做了什么？为了对抗滚烫的脸颊。对抗那杯反复折磨着我的大杯干邑。对抗整个愚蠢的夜晚。为了什么？我为什么要这样做？我相信爱应该是透明的、清晰的、正大光明的、可以理解的。而我在这儿，醉醺醺地啼叫；像个手里还拿着滴着鲜血的匕首的杀人犯；像个斗牛士，尽管已经用剑刺了一次，但还要在梦魇中一次又一次地继续刺着，一辈子一次又一次永不停歇，尽管人群发出抗议和警告，尽管总统下令将所有帽子用白手帕盖住，尽管音乐响起小丑在沙土上翻跟头，尽管市政府的洒水车来了，但斗牛士仍旧需要继续把剑刺进公牛的身体，牛没有死，反倒不断生长，直到最后爆炸开来，喷射出的大量黑色物质覆盖了一切，就像没有角的多情的章鱼，我的爱，我的爱，然后人们边笑边要求退还他们的门票钱。

　　他把脸盆装满水。用的是水壶里的冷水，他把脸浸湿，接着把整个头都浸在冰水中。然后他看着那有道裂缝的小镜子里的自己。他转了个身。水从他又黑又亮的头发上滴下，沿着他满是汗水的脸颊流下来。水滴滑过他的脖子，渗透到皮肤和衬衫之间。他解开了领带，领带的样子还和白天的时候一样死板，领带上的蓝色和红色条纹斜斜地落在地上。小朵拉那美丽动人的样子仍在他混乱的脑海中浮现。她不像是一个被爱着的或者失去所爱之人的人，而像是一个被斩首的人。她就在那里，他们之间只被一面墙隔开，而与此同时，又因为一段无足轻重的荒谬插曲与他紧密相连，虽然这个插曲并不重要，但他最终必然会被无情地追随。她的头颅仿佛被砍下一样漂浮在床头的枕套上。她太美了！她正在睡觉。她身上的一切都是那么自然。她静静地坐在摇椅上等待，什么都吓不到她。

　　他又往脸上泼了些水，清晨的冰水很舒服，能让头脑清醒，一切扩张的东西都在收缩。他的宿醉消失了，前额又恢复成前额，不再像是战斗的公羊。冰冷的水。原始的疗法：伤口上敷的蜘蛛网，夹在双腿之间的床单，咬伤处的唾液，胸腔感染时的小鸽子，中风时的水蛭，肠绞痛时的泻药。沐浴净身，完成洗礼，被载在一辆车上穿越河流的死者复活，西罗亚的水池，患波特氏病的驼背女孩浸泡在卢尔德洞穴的汩汩水流中；公牛献祭、大祭坛下的鲜血浴，约旦河中带着一枚来自不死之海的贝壳，从天上传来的声音解释着这是他非常疼爱的儿子，雨水，雨水。这个不下雨的村庄。这个没有水的村庄[1]。如果自杀的人从高架桥上跳下，落到下面的罗马瓷砖上，又能掉进哪条河里？自杀的高架桥，就在大教堂应该屹立的地方，只有皇宫的辉煌在那里闪耀。[2]那是一座为掉入陷阱的醉鬼而修建的高架桥。我也进来了，兴奋地投入其中，像鬼脸的母老鼠们一样被溺爱着，被妓女抚摸着，被老女人们宠爱着，被经验丰富的动物抢走，思考着实验室的癌症，但我与文学家交朋友，住在简陋的公寓里，又在星期六的晚上喝酒，注意着挂在脖子上的一个温暖城市的小袋子，直到总统的命令降临，让我面对

1　这里描述了水在不同文化的民间传说和宗教信仰中的重要意义。其中提到的复活和与水有关的主题在许多文化中都有广泛的传承和体现，例如在詹姆斯·乔伊斯的《芬尼根的守灵夜》（*Finnegans Wake*）中以滑稽的方式对此进行了重新演绎；在《约翰福音》中，耶稣在西罗亚池治愈了一个天生的盲人；波特氏病是一种脊椎结核病；在卢尔德（Lourdes）的洞穴中圣母显现，并且信徒们希望在圣母的奇迹中得以治愈；公牛献祭是用公牛的鲜血进行洗礼，通常与赛贝勒（Cybele）崇拜有关。"从天上传来的声音"是指耶稣在约旦河接受洗礼时，从天上传来上帝的声音，参见《马太福音》3:13—17。最后，"没有水的村庄"可能是对华金·科斯塔的另一种引用，特别是在历史或文化的维度。

2　当时阿尔穆德纳大教堂还没有完全建成，只有坐落在大教堂前面的王宫闪耀着光芒。

120

不可推卸的责任，作为一个正直的人捍卫家庭和事业，确保所有人都能按照制定的规则做到最好，造福于人类和各个民族，自中世纪的远古夜晚以来，他们挥舞着刀剑，从托莱多的农田和低地地区，塑造了一个新的国家，一个被选中的民族，一个无菌的城市，没有农田，人们以灵魂和清新的空气为食，直到永远。阿门。水，更多的水，用来洗去我口中的味道。水从遥远的山区而来，通过那些在远处辛勤劳动的人们建造的长长的水道，才能确保它在抵达时如此纯净，与当地的精气神协调一致，不妨碍支配意愿，不让头脑变成海绵，而是让呼吸的男人们永远清醒，永远高举有能力的剑，引导、塑造遥远的总督们那毫无生气的惰性的血肉。不是用来洗澡的水，只是用来饮用的水，不是那种被云雾包围的水，而是通过细小的毛孔进入身体的水，它通便但不湿润，不会让皮肤膨胀，不会让干旱帝国坚硬的轮廓变粗[1]。

随后，他喝下这水，仿佛自己是一只即将飞向远方的老鹰。

*

那个晚上发生的事情似乎没有尽头。周六的活力四射一直延续到周日的凌晨，充满了安息日的氛围。佩德罗还没有入

---

1   人们认为马德里的水含有铁，有预防或消除水肿的功效，即消除内部体液的积聚。这一概念早在洛佩·德·维加的喜剧《马德里钢铁》（*El acero de Madrid*）中就已经出现。

睡，他仍然在破碎的镜子前看着自己用卡斯蒂利亚的水洗过的脸。他可能还躺在被女佣掀开一条缝的床上，穿着衣服；或许他已经脱光了，试图对抗空腹引起的恶心感。又或许，他的思绪可能转向了小朵拉和那具比他所见更触动心弦的身体。这时门外传来了猛烈的敲门声，门廊的门已经被一名殷勤的守夜人打开。在喧闹之后，祖母在女佣的陪伴下开了门，然后把这个夜晚派遣来的送信人带到佩德罗的房间，因为他还没有完成命运为他准备的完整的艰苦旅程。送信的不是别人，正是鬼脸。很明显，他的任务必定十分紧急，让他不惜克服距离的障碍，在不同寻常的时间，猛敲紧闭着的大门，不顾房间内女性的谨慎和戒备，暴力地闯入佩德罗的私人空间，毁了他的休息。他给自己的声音加重了特定的语调，并通过面部肌肉的变化和生动的表情，用之前在家里装出来的嗓音呼喊着："堂佩德罗，求求您，看在上帝仁慈的份上，堂佩德罗！"这一刻他重新获得了被友谊、妓院、醉酒和爱情依次夺走的尊严。

他脸上所表现出的恐惧，是作为父亲的恐惧，他有两个年轻的女儿，其中一个女儿告诉他她的心在痛苦地跳动，生命处于危险之中。为了她，为了她的健康，甚至是为了挽救她的生命，他已经使用了各种交通工具才赶到这里寻求帮助，从他邻居生锈的自行车开始，然后是他告诉司机这事生死攸关才能坐上的一辆破旧出租车。

他之所以会来找佩德罗，是因为这个聪明、慈善的保护者向他和他家人伸出了援助之手，尤其是对两个托莱多姑娘。除此之外，慷慨的佩德罗对这两个姑娘通过自然方式孕育出的小老鼠所表现出的兴趣，证明了这些适合研究的品种的人体孵化器的健康也无疑能引起他真诚且无私的关注。

然而，让鬼脸鼓起这么大的勇气闯进这个男人居住的豪宅，把他从床上唤醒，将他从那些同样被激怒的女士的陪伴中带走的——考虑到她们所处的社会阶层的尊严，加上他很少冒险去触犯这个阶层的人群，她们对他的无礼如此怒不可遏是再自然不过的事了——主要原因是大女儿异常严重的大量出血，而她是年迈的他唯一的安慰。这个失血量让她的脸色惨白无力，只能依靠家中其他女性不熟练的照顾才能勉强维持生命。那些照顾也仅限于冷敷，捆绑着代表圣安东尼祝福的绳子，用刚切的新鲜土豆片贴在她的太阳穴上，用最简陋的方式制作芹菜汁，以及各种迷信的祈祷和驱邪手势，把那些巫医的手按在她身上。

附近虽然肯定有医生、助产士和药剂师，以及理发师和各类熟练的专业人员，甚至还有一位曾经成功治疗了许多非致命疾病的科学家，但姑娘脸上透露出的严重病情，加上他们之间的深厚情感和纽带，这些因素都让他不可能去见那些执业医生。他们没有那个博学多才的年轻人身上所具有的崇高原则，于是在那一刻，他穿上尼龙袜子，冲动地准备重新开始夜间的探险，前往尚未被探索的瑙西卡[1]。

虽然明白时间因素不容忽视，随着血液不断染红家中唯一的床单，可怜的姑娘离死亡的边缘也越来越近。也许更明智的

1　瑙西卡（Ναυσικάα）是希腊神话中法埃亚科安岛（Phaeaceans）的国王阿尔喀诺俄斯的女儿。她在荷马的《奥德赛》第六章中出场，扮演了相当重要的角色。

做法是将她转移到急救室、急救站、医院的门诊部，或者是挥霍无度的群体为最贫困的孩子们安排的机构中的任何一家，但鬼脸知道，这些地方的职员大多是些不学无术的年轻人，虽然他们来到这里是为了学习护理知识，之后也可能成为著名的医师，刀和针的持有者，但目前来看，尤其是在星期六的晚上，他们肯定还不够熟练。所以他毫不犹豫地选择了让佩德罗来照顾她，他能毫不费力地克服时间的损失和相较于其他地方不完全无菌的环境带来的不便。

但是，即使佩德罗认为鬼脸来找自己是错误的或者不公平的，毫无疑问，一个致力于科学研究的人并没有义务承担直接援助城外郊区成员这种低级的任务，他可以随意发泄对他的愤怒，就像养父与冒犯主人的仆人。不过，如果佩德罗只想到了这个奄奄一息的姑娘洗礼般的天真无辜，她的命运就要被掌握在她父亲那双笨拙又肮脏的双手中时，不管是出于不应得的关爱、基督教的仁慈，还是仅仅出于他丰富的本性中一时的心血来潮，他都愿意做出仁慈的让步，朝着此刻漂浮在血泊中的那具奄奄一息的身体前进。

即使冒着毁灭性的风险，鬼脸这个不名一文的父亲还是设法留住了那辆停在大门口准备撤退的奥托墨冬[1]。随着马达的轰鸣，里面的引擎散发着宝贵的能量，夜间的值班人员、好奇的人们还有一个面包师也簇拥在旁边，尽管时间已经很晚了，但

---

[1] 奥托墨冬（Automedon），古希腊神话中狄俄瑞斯的儿子，为阿喀琉斯驾驶战车。这里指的是出租车司机。

这些人总是随时准备窥探任何事情。那个准备回家的面包师还带着他那完全不合时宜甚至有点恶心的白点，但是如果人们就是这样，又能怎么办呢？

如果堂佩德罗担心缺乏所需的手术器械、缝合材料或敷料的问题，这些都构不成障碍，因为一个及时的电话已经调动了远方的亲戚——受人爱戴的阿玛多——他是整个家族的骄傲，由于他与科学机构的关系密切，他非常了解科学。而他此刻也满怀善意地穿越马德里夜间的沼泽地，准备去研究所，他有幸拥有了所里的一把钥匙，因此可以去寻找所需的材料，这些材料既适用于狗和其他作为高级科学仆从的动物，也一定能毫不费力地为永远卑微的阿玛多家族提供服务，鬼脸再次为自己的冒犯和厚颜无耻而乞求原谅。

而堂佩德罗展现出的姿态和所做的准备工作都清楚表明，他已决意跟着鬼脸到他受苦的女儿的床边，准备终结世间所有的邪恶。充满感激的父亲像个热情的水手，他只能把他那顶尘土飞扬的帽子扔向空中，高喊道："愿上帝受到赞美和祝福，直到永远！"

*

弹壳整夜都在四处游荡，好像只有圣马科斯大街、皇后大街、比利亚罗萨大街、图德斯科斯大街和埃切加赖大街[1]这些地

1　圣马科斯和皇后大街与格兰大道平行；图德斯科斯大街与之垂直；埃切加

方都没有巫婆们的集会。这种集会也可能发生在远郊最贫困的那些地方，那里的居民几个人在一起甚至都凑不齐去一次妓院的钱——相对于满足性欲，那儿的人们整日整夜更操心能不能填饱肚子。他曾在道路的曲折处埋伏，边走边观察着那些他认为朝着他所知道的地方走过的影子，可恨的是，他预感到正在发生的事情，猜到他们正在进行着一种他想要垄断的商品交易。但他并不清楚自己的猜测是否正确，紧接着他走进了一个所谓的喝酒的地方，在那里喝了些便宜的茴芹酒，当他兜里不多的钱被这烧酒花得差不多的时候，他问那个像是服务员的人："鬼脸那边出什么事了？"被他问的人没有穿类似晚礼服的制服，而是穿着一件黑色法兰绒外套，黑色羊皮做的领子高高翻起。"他们那边出麻烦了，"那人回答道，"刚刚走过去一个人。"弹壳没有追问那个人是谁，但当那个胖得像球一样的妻子出来为自己或者上帝能听到的女人的痛苦而祈祷，然后带着另一个他在黑暗中无法认出的老妇人进去时，他变得更加兴奋。然后，又一个胖女人进去了，接着又来了一个，直到那个棚屋里已经快要没地方再容纳任何人了，现在那里的人比老鼠的数量还要多。"他们在找我的岔子，"弹壳跟这个假冒的服务员解释道，"这事我可有话要说。""别插手他们的事，他们自己会解决的，"酒精灌输者回答道，"他们关你什么事？""我不想让任何人往我的耳朵里吐口水。""你别插手。""他们想骗我。""佛洛丽塔不是你

赖大街靠近索尔广场；比利亚罗萨大街位于马德里南部，属于比利亚韦德区（Villaverde）。

的。""敢骑在我头上的人还没出生呢。"

关门的时间到了，显然这家酒馆没有按照市政规定的时间关门，只是累了就打烊了。男人清点了库存，把十瓶酒、六个杯子和一个酒杯放入当作柜台用的木箱里，然后说要熄灭那盏昏暗的油灯："我所有的利润都因为灯油打水漂了。"他解释说。"就让它亮着吧。"弹壳平静地说，他的话中没有乞求，只有命令，同时凝视着那扇用血红色颜料涂写着"酒馆"的玻璃门。

许久之后，弹壳回到那个街角，在自己巡逻的路上走来走去，一只手抚摸着山羊屠夫的匕首，另一只手抚摸着他逐渐冰冷的睾丸。他嘟囔着："他们欺负我""能欺负我的人还没出生呢""我不会放过那些婊子养的东西""不管是谁，只要让我看到我就捅了他""鬼脸可能是个坏人，但我可不是""别以为我不敢动他，我会把他烤熟""他可恶的娘胎里带着诅咒""我操他父亲的坟头"。诅咒的话一股脑儿从他嘴里冒了出来，和打着酒精饱嗝儿的臭味混在一起，还有他对佛洛丽塔柔嫩肌肤的幻想，他知道那肌肤有多曼妙，他曾经像绅士一般抚摸过那肌肤，双手仿佛刚从母亲的子宫里出来一样娇嫩，那时他没有辛苦劳作过，所以能感觉到她肌肤的柔滑，不像那些在水泥地中疲劳工作的人双手磨得粗糙。他穿梭在过去没得到的满足和未来能获得的新满足之间，让自己的想象力抚摸着那具他尚未拥有过的身体，尽管他还没有亲身经历过，但他毕竟也是个男人。可现在看来，他也不过是替人把路铺平了。"是谁干的，谁的肋骨里就会插着这把匕首，因为是他们让她受的罪，现在还不想认账。这事肯定不是弹壳干的，如果他们做不到，一切还跟以前一样的话，神父不会是那样的脸色。"

夜色依旧，但黎明时分的粉红色渐渐显现出来，左边的一片微光与右边城市吞吐出的酒精蒸汽闪烁的光芒，照亮了城市的罪恶。那里的空气是如此清冷，拍打着鼻孔和喉咙，深入到胸腔，产生凉爽的刺痛感。但对于人来说，这空气是朋友，他只需干燥地呼吸，紧闭嘴唇，眉毛紧皱，等待雾气散开，等待该发生的事情随着雾气显露出来。

*

尽管最近瑞典的医院建筑师更喜欢把手术室建成六边形或圆形，有助于人员的流动和材料的及时输送，但佛洛丽塔躺着的手术室是长方形的，一端扁平，屋顶向一边倾斜着。这位即将分娩的患者没有镀镍的手术台，也没有带大桌腿支撑的不锈钢手术台，没法采取几乎所有医生偏爱的妇科姿势，她躺在一张用加利西亚松木做的箱子垒起来的床上，这些箱子之前用来运输柑橘瓜果，后来被改造成了床。上面铺着一张支撑用的弹簧床垫，床单上沾满了她自己流出来的鲜血。大量的血喷涌而出，这里没有手术使用的无影灯，取而代之的是两盏臭气熏天的乙炔灯，当然，这种气味比乙醚和二氧化氮的气味好多了。尽管闯入者导致了火焰的颤动，好在光线依然很充足，这些人举止随意，连必不可少的纱布口罩也没戴。对于一个健康的托莱多女性来说，麻醉似乎是多余的，因为麻醉总是会导致中毒，让患者忘记自己的存在，而现代的标准在这方面得到了最

的医院里，人们不也会因为意外痛苦地死去吗？是的，那里也有年轻女孩在耐心等待之后死去，而之前她们——以及深爱她们的母亲们——也曾被告知救治只是片刻的事。

当佩德罗到达后，他首先驱逐了入侵者，然后按照惯例诊断了出血的原因，显然他研究的小白鼠年轻的孵化器受到了伤害。在来的路上，他曾经想过也许是因为亲密的共同生活导致了病毒传染，然后严厉地责备了那位农场主，因为后者为了继续繁衍后代，竟然不惜牺牲自己的女儿和她们生活环境的温度。但很快他就意识到了现实的异常，一道令人震惊的光线击中了他天真的大脑。少女的血液又一次让他头晕。突然间，他明白了些什么，同时感到一阵恐惧。他愤怒地转向鬼脸，准备大喊："混蛋！"或者喊道："快叫救护车！"或者像斗牛士一样，请求"输血"！但此时阿玛多已经进来了，挥舞着手中的器械，他必须在那一刻尽职尽责，尽管自己经验不足。他俯身检查那个已经不再动弹的姑娘。她已经叫不出来了，不是睡着了就是死了。他扯开她胸口的衣服，把听诊器放在被老鼠咬伤留下痕迹的地方。那颗心脏仿佛是在远处微弱地跳动着。他取下听诊器，静静地站了一会儿。阿玛多在他耳边低声说："我们得刮宫了。"是的。

*

首先，需要将她调整到正确的妇科姿势，然后扩张预期性紧缩的子宫口，出于节俭的本性，佩德罗最后用一个形似勺子的工具来清洁隐秘巢穴的内部。当工具触及这个组织时，会发出一种刺耳的、咬合的声音，似乎想以此证明被刮下来的物质不是活的，而是坚硬的、木质、石质的物质。这种无生命的组织给了焦躁不安的佩德罗一种濒死的感觉。停止流血可能是治疗措施的成功，也可能是因为静脉的血液已经排空。他希望在工作时能看着那个濒死的姑娘的脸，并问阿玛多："还有脉搏吗？"阿玛多握住女孩的手，把他那更适合处理狗和老鼠的四根粗大的手指放在了她的手腕上。他并没有感到任何脉搏跳动的迹象，但他点了点那善良又硕大的头，小心翼翼地动了动自己厚大的嘴唇，给出了肯定的答复。看到这个动作，佩德罗的目光紧紧锁定在手上，以便能够继续专注地操作。"输卵管角度。"他反复念叨着，知道正是在这些角度中——正如他曾经研究过的那样——不是母体生命物质的某些碎片可能被隐藏起来了，这可能会导致进一步的出血、感染和危险的内部腐败。比起阿玛多的点头肯定，他有一种更为确切的直觉，告诉他所有这些细致入微的工作，这种小心翼翼地用勺子在生命倾泻的最原始洞穴的角度里刮擦，都毫无用处。死去的姑娘的大腿像一朵巨大的花瓣一般垂下，细细的血流完全停止了。"还有脉搏吗？""继续！继续！"阿玛多回答，并不惧怕继续说谎，"坚持住，就快完成了！"阿玛多相信在今后的日子里，佩德罗回想起这个夜晚，如果能知道他确实按照自己的艺术规范尽力了，心里会好受一些。因此，佩德罗继续尽力做着刻意熟练、几乎是触觉的动作，试图感受那血腥的绒毛般的黏膜上是否还残留着任何碎片——如果里面依旧还有生命存在的话。时间过得很慢，不断被拖延着。他继续刮着那黑暗的内部空间，想象着已经清洁过的腔体的形状，当工具穿过破损的组织时，聆听并感受着传到手上的震动。死去的姑娘已经不再痛苦了，她躺在那里顺从地接受着那些与她无关的操作。她已经把呼吸留给了空气，把血液留给了世界，她甘心成为这位年轻医生的练手素材，尽管他曾经仔细研究过她，尽管这是他第一次进行这种手术。佩德罗明白了阿玛多严肃点头的意图，机械地继续做着刮除的动作，怒气冲冲地意识到他自己不肯承认的事实，但他没有像想象中那样说出"下次我会做得更好""及时输血的话可能能救活她"。他结束了清理工作，用干净的纱布包住了老鼠咬伤的地方，然后把双手洗干净，将尸体摆放得更体面些，而后转向那个目睹这一切的浑圆的母亲。随后，他看向阿玛多，大家都在等待他脸上的表情、他崩溃的姿态，等着他把工具扔到地上，等着诅咒的言语引发哀悼者的哀嚎。

"我到这里的时候她就已经死了。"这是他无视一切证据所说的第一句话，他的脸羞愧得发红，因为这只是让那个母亲能够冷静下来的一个借口。她并不是那种生来就充满仇恨的人，反而试图安慰他："您已经尽力了。"然后她突然尖叫着扑到死去的女儿身上，亲吻着那两片嘴唇，这对嘴唇自从她还是个孩子时吮吸过自己的乳汁后，可能就再没有亲吻过了。紧接着她转向自己的丈夫，用指甲狠狠地抓扯他的脸。尽管男人本性霸气，但此刻也只是默默地忍受着。明天他又会再次成为老爷和主人，像铁轮碾压大地一样压迫着她。

*

　　当母亲开始哭嚎的时候，所有哀悼的人也加入了进来。他们事先已经穿上了黑色的丧服，尽可能多地涌进这个小小的房间——尽管人数并不多——仿佛一直在为这不幸的死亡做准备。

　　"可恶！"一个哭嚎的女人对着外科医生喊道，似乎要朝他吐口水，她举起两只紧紧握成拳的双手向他走来，在马上要碰到医生的时候，手突然转向自己的脸，狠狠地打了下去。

　　"看看她！像个天使一样！"一位双臂卷起衣袖的女人略带陶醉地哭道，也许是因为她之前参与了魔术师的操作，觉得自己在艺术作品的创作中有所贡献。

　　事实上，失去了青春期的婴儿肥和粗糙的食物后，这个可怜的女孩变得更加漂亮了。

　　"她躺在那儿，就像只是睡着了一样……"

　　这些闲言碎语被母亲不断重复的呼唤声打断，"女儿，女儿，女儿，女儿，我的女儿！"这声音像是打嗝一样从母亲张开的嘴巴里冒出来。在抓了鬼脸的脸，和医生说了该说的话之后，她只剩下绝望。

　　鬼脸，这个总是冷静并且懂得克制自己的男人，正在组织人们的进出，为了更方便，他把之前照亮圆形"剧场"的一盏油灯放在小屋的门厅里。他觉得剩下的灯笼似乎不够，于是又点燃了两支甘油蜡烛，这样他就不会因为疏忽而没有遵守丧礼的礼节。之后，他开始取下那些精心制作的老鼠笼，把它们放在户外，即便清晨的寒气可能会让被囚禁在笼子里的老鼠的

134

受孕中断。

一切准备就绪后，老女人们开始占据战略位置，她们蹲在地板上，低声念着听不见的祷告，而那个卷起袖子的女人和另一个像丝线一般纤细的女人开始给死去的姑娘裹尸。

佩德罗和阿玛多有些惊讶地看着这一切，他们一次又一次地证实死亡并不是不可挽回的，只需要在它之后采取必要的措施，让事件的进程重新有序地进行。但对佩德罗和阿玛多来说，死亡不仅仅是纯粹的痛苦或简单的决策，而是一个技术问题。佩德罗站在那里，手里仍旧抓着一块不知道是什么的金属物件，阿玛多仍然握着半打未开封的无菌纱布；母亲一声声"女儿，女儿，女儿"的喃喃声已经变成了绵绵不断的嗡嗡作响，就像发动机或是瀑布的声音，但这些声音很快就听不到了。事实上，将死去的人从铺满罐头、瓦楞纸和偷来的木板之间的某个空间带到外面，这样灵魂已经不可能发出声音了。鬼脸没有直视佩德罗的脸，甚至无法对他说出——他比任何人都知道怎么说讨好的话——"您已经尽力了"。而年幼的妹妹则一直瞪着父亲，用双手紧紧地抱住自己的腹部，好像要保护它免受一切伤害。她没有哭泣。她看着父亲，他如此认真地做着各种安排，同时她也完成了他对她的命令：

"给医生拿点喝的。"

她拿来一杯酸柠檬水，加了一点糖和冷水，医生带着些忧虑把它喝了下去。

"给我也拿一杯！"阿玛多说。

然后她也给他拿了一杯。

佩德罗没有离开，因为他感觉这里的事情还没有解决。突然，他想起了一件事。

"谁给她堕的胎？"他问鬼脸。

"医生先生，您亲眼见过。您自己做的……"

"谁做的？"

那些老女人们突然看着佩德罗，停止了祈祷，死去的姑娘现在躺在她的裹尸布里，为这场争辩提供了沉默的证词。有两三个之前一直静静站在一旁的男人，既不帮忙，也不哭泣，他们一声不响地走了出去，消失不见了。

"她是自己开始出血的，"鬼脸说道，"这是上帝的旨意。没人碰过她。最开始她只是慢慢地出血，后来越流越多，直到血流成河。正因此，我才去找医生。像我这样什么都不懂的笨蛋，我什么都不知道，只觉得她病了。她也是这么跟我说的，可怜的孩子，她说她觉得不舒服，没有胃口，我没想着带她去看为什么不舒服。她就这么倒在了自己流出的血里，真是可怜。"

小女儿瞪着鬼脸，她脸色煞白，嘴张开着，嘴唇颤抖，急促地喘着气。突然间，她向前跳起来，脸紧紧地皱了起来。

"是你！是你！是你，父亲！是你把她……"

鬼脸一记耳光把她打倒在地，她倒在那里开始大声哭喊，然后哭声变成了无言的哀叹，之后她荒谬不堪地痉挛发作，神经让人难以忍受地剧烈颤抖，同时她开始紧紧抓住自己的衣服，撕咬着，抓挠着，最后失禁了。而鬼脸依然盲目地踢打着那活生生、不断颤抖着的肉团，无法控制她的痉挛。

最后，佩德罗收起了沾满血迹的镀镍工具，快步离开，他仿佛像迷了路一样，想要远离那个夜晚和夜晚带给他的疯狂的经历。他想要睡觉，想要独自待着，躺在温暖的床上，旁边没有任何人。他醒来时，就会明白一切都像是酒精带给不习惯喝酒的人的一场漫长又过于真实的梦。

天已经亮了。在另一间小屋的角落里，在两个老女人的陪伴下，那位母亲已经欲哭无泪，不断地哀嚎"女儿，女儿，女儿"，她没有看到医生如此匆忙地离开。寒冷的空气和白天的光线刺痛了佩德罗的眼睛。新的晨光照亮了棚屋，呈现出粉红色的色调，就像被珍珠贝母反射的光线点缀着，直到尚未完全露出的太阳还原出它真实的丑陋。出租车在路的尽头等待着他。他上了车，简短地告诉了司机地址，车子急速驶离了这里，阿玛多站在棚屋门口徒劳地大声喊着：

"佩德罗！佩德罗！死亡证明……！"

*

整个上午他都在睡觉。两个老妇人确保了他房间周围的安静。小朵拉也在床上待到很晚。而她愚蠢的母亲则去参加了弥撒，然后可能在普拉多大道散步，或者去丽池公园的小酒馆里跟以前的朋友们喝杯苦艾酒，详细讲述着过去的辉煌。而祖母则溜进了佩德罗曾经入侵过的那个房间，和她的外孙女进行了一次低声的谈话，并向她提供了自己的建议。祖母微笑了一下，然后开始哭泣，但一切都很克制，这是极具智慧的女人们所拥有的特质，她们洞悉男人行为背后简单的动机，不会对实现自己的愿望感到失望，只要路上不出现那些肆无忌惮的不道德的舞者和不会理性运用自身魅力的蠢女人。

到了午餐时间，健谈的母亲回到家里，所有的住客也都回到公寓，他们在自己负担得起的范围内尽情享用了炸土豆和烤虾，祖母下达了相关的指令之后，无论是家人还是仆人，或是尊贵的客人，都要在他们的移动和交谈中保持适度的克制，以免打扰在黎明时分被召唤出去进行紧急手术的年轻人，他现在正需要休息，恢复宝贵的精力，为自己辉煌的职业生涯做着准备，并且一定会在专业领域上大放异彩。想到这里，他正在考虑立即放弃实验室的研究工作和理论研究，把这份毫无成果的工作留给那些天赋不足、无法在其他地方取得成功的人。他要做的就是完成自己的专业学业，准备从事一份有大批高级客户涌来的职业。碌碌无为的租客们听着这些话，咕哝着，点点头或是耸耸肩，完全同意这条路就是这个年轻人注定要走的路。大家都把他当成他们的孩子，而不是租客。当他穿着乡下土里土气的衣服来到这里的时候，他的正直、严肃和良好的举止就给他们留下了深刻的印象：他拖着一只木箱，里面装着书和衣物，在这位好心的女族长的建议下，这些衣服逐渐被更适合他未来辉煌职业的其他衣服所取代。

然而，当桌布被收起，聚会结束时，显然这个年轻人新陈代谢旺盛的身体既需要睡眠，又需要补充食物。老妇人考虑派女仆拿来食物，让他能在床上同时满足饥饿和继续休息的需求。然而，这个决定被另一个年轻人马蒂亚斯的到来打乱了。尽管这里的人认识马蒂亚斯，但他并不受到尊敬，他打扮得体，试图进入他朋友的房间。尽管居高临下的女祭司立刻怀疑正是这位年轻人把那位曾经的研究员、现在的新晋医生引入歧途，但马蒂亚斯身上散发出的社交魅力，包括整齐熨烫的西装、丝质的领带和一头整洁的发型，给人留下了良好的印象。加上他用于交谈的优雅语调和丰富的词汇，都显示出他的社会地位，成为无法阻止他来探访的决定性原因，这样也能确保未来这对新婚夫妇可能需要的良好社交地位，当他们度过了蜜月的醉人时光，并在合适的社交环境中找到适当的位置，就能顺利进入一家豪华诊所接待那些已经事先决定要接受专业照顾的客户。这个时刻，那位仍在沉睡但即将苏醒进入这个世界的医生，将能够顺利迈向觉醒的艰难旅程。

决定了这次冒险之后，探险队成员就会按照下面的顺序进入黑暗的卧室：先是精明世故的祖母，她嘴角上扬，微微笑着；其次是这个叫作马蒂亚斯的年轻人，他已经计划好了，打算占用朋友下午和夜晚的时间；最后是这位面带愁容的女仆，她对不速之客的突然登门耽误了她在星期天离开的时间十分不满，因为这个半天是当权统治机构制定的受神圣的法律所控制的。而她的休息时间应该被旅馆管理层视为神圣的。一进门，一股令人不快的酸味混合着酒精蒸汽扑鼻而来，他们预感到即将见到的景象：整个床单都被酒精呕吐物弄脏，还有一个被鼾声包裹的仰卧的大天使，同样也沾满了自己的呕吐物。那是祖先赐予我们的人类而非神明可悲的形象，是我们从父母那里继承得来的。

"可怜的孩子！他会着凉的，"女族长立刻说道，"马上准备好洗澡水！"

"我会没有热水用的，我还没有洗碗呢。"女仆说道。

"别回嘴。"

"早晨才是洗澡的时候。"

"我叫你闭嘴。"

"我什么时候才能走？"

"你走吧，别打扰我们了。小姐会准备好的。"

放着没用的食物的餐盘被留在椅子上。佩德罗慢慢地伸了个懒腰。马蒂亚斯偷笑了一下。老妇人去安排热水了。生活重新恢复到正常的轨迹，小朵拉在给浴缸放水，她把热水和冷水混合，用手试探温度，确保身体浸入其中能感受到理想的温度。老太太从橱柜里的一堆白色亚麻布中取出一瓶蓝色的浴盐，她偶尔还用这种盐，当泡沫在她的皮肤上滑动时，她就会感到一种怀旧的快乐，尽管她的皮肤发黄，仍能感受到寒冷或痒的感觉。

*

弹壳住的地方是所有棚户区中最糟糕的。鬼脸的停尸房是按照合法又体面的方式建造的，符合正直的移民身份；而弹壳的（或者更确切地说，属于他年迈的老母亲）是一个散发着酸臭味的小屋，更像是一个洞穴。这些边缘化的肮脏的棚屋不像其他的棚屋一样，装扮得尽量像个正常的房子；相反，它们甘愿接受自己是个发臭的洞穴的本质，和住在里面的居民一样，放弃了对尊严和自尊的追求。这些更破烂的棚屋从来没有像鬼脸住的那样有可以夸耀的奢侈配置，像我们之前看到的，有厨房、餐厅、起居室、卧室、幕屋、孵化室。弹壳居住的地方是单一空间的结构，偷来的赃物不能单独放在一个地方，必须埋在被当成凳子或者坐垫的圆形石头下面，或是卖给收破烂的贩子，或者扔到丽池公园的池塘里。这些棚户区里可怜的住户手上并没有那些未受过训练的工人的老茧，但他们对自己优美的身体动作引以为傲，并利用自己暧昧的性取向谋取商业利益。为此，他们穿着小腿上有拉链的紧身裤，而且很擅长演奏民间音乐。当他们的青春期已经过去，日渐衰老，却没能在这个城市邪恶的角落找到一个稳定的位置，年纪的增长剥夺了他们甚至最微不足道的魅力，唯一能让他们避免因饥寒交迫而死的办法只有行乞（在现在这个非常进步的社会，人们对此难以容忍）或者拾荒。这些地方并不适合扒手、小偷、顺手牵羊者、撬门者或强盗、撬锁者[1]等已经"发达"的人物居住，只适合刚刚开始做这一行的小流氓，他们往往智力低下、性格也不稳定，一辈子都只能停留在这个阶段。他们是一群还没有被塑造成形的人，靠偶尔做点零工勉强度日，比如装货卸货或是

1　原文使用的词语有语义重叠和区别：小偷（mecheras）专指对商店内的客人进行偷窃的女性；顺手牵羊者（descuideras）指趁店主不注意时偷窃的人；撬门者（palquistas）指入室抢劫者；强盗（palanquistas）指强行破门进入房屋或商店的窃贼；撬锁者（espadones）实际指的是军事指挥官，但在此处替代了剑贼（espadistas），在黑话中可以理解为"撬锁或用假钥匙的人"。

给酒店送煤炭，但从来没有获得稳定的工作和地位，一直流浪在外。他们既不被社会本身所接纳，处于孤立状态，同时也与那些在社会底层形成的次社会群体相隔离，这些次社会通过创造难以理解的荣誉代码、语言、手势和临时议会来运作。在这里，可以看到流浪到城市的吉卜赛人。他们征服了城市，在这里停下脚步，然后近乎恭敬地继续前行，在街道上迷失了自我。后来，当城市再次让她们从它的裙摆中掉落下来，就像一个人抖掉自己刚刚吃过的面包屑那样，可以再次看到那些吉卜赛老妇女的脸，她们的面容比那些从未投身于生活、未能通过艺术和完美的自我呈现来照亮被岁月逐渐剥离了外表——皱纹、皮下脂肪、圆顶帽和闪亮的黑色天鹅绒礼服——的女性的脸精致一千倍。

弹壳的母亲蹲在圆形的石头上，她的儿子藏在石头下面的刀已经捅过了美男——谁知道还有多少人被它扎过？儿子说着满口脏话递给她一块面包，而她无法起身，只能静静地等待着他带回来的小小的赃物，每次都是不同的：一枚戒指、一块手表、偶尔自己挣来的一笔钱，一些小骗局的赃物、一台儿童缝纫机、一个女仆的手提包——这姑娘攒钱买了手提包，打算和头发卷曲的黑小伙一起去跳舞。他是个私生子，是单身母亲的儿子，他紧紧抓住那棵生命树[1]，就像个从纸圈里面跳出来的小丑一样，在马戏团里，他甚至不会讲一些愚蠢的笑话。那天早

1　根据《创世记》第2章第9节，生命树位于伊甸园的中央，吃下它的果实可以赋予人不朽的生命。

上，他内心无比愤怒。他躺在石头中间，等着有人从那间停尸房里走出来，从停尸房里传出的哭喊声让他觉得有人在伤害他自认为属于自己的东西。

阿玛多拿着他的气瓶、纱布，面带悲伤地走出来，在金属仪器发出的叮当声中，他仔细用一位女人从旁边的井里带来的水把这些金属器具洗干净。他没有过多地担心死亡，反而想着能确保一切顺理成章的死亡证明，即使是在这个混乱不堪的地方。他已经和鬼脸谈过了，想出了一个即使没有死亡证明也能让事情进行下去的办法。但是知道这件事情的人太多了，鬼脸还找来了魔术师谈话。魔术师、鬼脸和阿玛多低声交谈着，慢慢明白如果他们必须在某个时刻张口说话的话该说些什么。母亲口中继续发出有节奏的哀鸣声，直到连鬼脸也忍受不下去了。虽然他和她一起生活了这么长时间，早该习惯了她的声音，但她通常很沉默，自从在塔霍河的农田上一起度过几天之后，鬼脸就不记得她的声音还能如此尖锐。所以他决定先把她转移到相对远离棚屋的地方，那里有他的亲戚，他们还欠他一些东西，还有一个远房表亲会好奇地听她的哭喊。小女儿在抽搐发作后睡得很沉，尽管身上有抓伤和被踢打的痕迹，但看起来并无大碍。当一个父亲刚刚失去了一个女儿的时候，很容易对剩下的女儿产生某种温情和怜爱。于是，他们三个谈论着不确定的未来，像精明的人一样做着安排。

弹壳尾随着阿玛多和他携带的非法财物，这些财物是通过某个机构慷慨提供的信贷获得的，他们假装成居民，在机构安排的地方自费接受教育好得到贷款，为那座秘密有序的知识之山做出贡献，虽然在这里，人们对此一无所知。他没条件打出租车，哪怕那天早上贫民窟里就停着一辆。阿玛多越来越靠近弹壳拥有绝对统治的那个次级棚屋区，在这里弹壳靠着自己的壮举让一些人入了土，而他自己，只是暂时得到了可以免费食宿的地方。

在阿玛多最不经意的时候，弹壳突然扑向他，把刀尖顶在他的脖子左侧，并稍微用力压住，直到他能感觉到刀尖。弹壳对他说："继续走！"阿玛多就一直走着。弹壳对他说："进去！"阿玛多走到里面，蹲在圆石头上的没牙齿的老母亲正在喝着一碗冷蒜汤。

"是谁干的？"

"我发誓我不知道，我向我妈妈发誓不是我。"

"把东西放在那儿！"

阿玛多把包放在地上，接着那位母亲就把东西打开，看着那些闪闪发光的物件、纱布、绷带和一瓶碘酒。

"是你干的！别撒谎。"

"我发誓不是我！"

"那这些是干什么用的？"

"是鬼脸让我干的，因为她已经……"

"是谁的？"

"我什么都不知道，我向上帝发誓，我不知道。"

"说是谁的。"

老母亲没有理会，继续喝她的汤。她裹着一条宽大的衬裤，像附在瘦弱身体上的旧蛇皮一样，能让她睡得更舒服。

"不要放过他，儿子，"她打岔道，"让他付出代价。"

"放开我，不然我就去报警。"

"有本事你就试试看！"

"放开我！"

"你以为我会怕你？你可别后悔……"

"不是我干的。"

弹壳假装毫不费力地把刀尖压在阿玛多凸起的肚子上，而阿玛多的身体太柔软，无法承受那些打击。他不知道这个黑人是从哪里冒出来的，仿佛从天上掉下来或从矿井里吐出来的，他被这个人用力地按在那个脏兮兮的老太婆面前，恐惧的汗水沿着他的脖子越流越多。这个莽夫怎么会跟这件事扯上关系？他也许就是死去的姑娘的爱人，也许他和佛洛丽塔一直厮混在一起，也许他就是孩子的父亲。鬼脸肯定不知道这事，但这家伙肯定和那姑娘上过床，任何事都可能发生，天知道会发生什么可怕的事……

"是医生干的。"阿玛多说道。

"别骗我。"

"是医生……"

*

地板上铺着一块粗糙的厚地毯，每走一步，地毯都会凹陷下去。那个胖胖的门卫，穿着蓝色制服，满面红光，胡子刮得很干净，像个皮球一样向前跳着走；他打开电梯门，只要有人进来就鞠躬致意。门厅里有一种改良过的松木气味，不同于街头电影院里的味道。电梯缓慢安静地上升，内部三面都有镜子，地板上还铺着一块红色地毯。在神秘机器发出的无声信号警告下，电梯门被一个穿着带金属纽扣的灰色紧身上衣的仆人打开。这个仆人瘦瘦的，动作敏捷，一头卷曲的头发，还有一双绿色的眼睛。在舱内的另一端，有一张用天鹅绒包裹的小凳子，为疲惫的航空人提供休息。他也弯下腰鞠躬，但和门卫的方式不同，面带微笑，摆出一副嘲讽的表情。他嘟囔了几句含混不清的话，能隐约听到"先生"这样的词。他似乎能在弯腰的同时又保持身姿挺拔。贴身的灰色上衣在他身上裹得特别紧，尤其是在脖子那里，就像酒店门童和一些已经绝迹的军队官兵的制服一样贴身。他灵巧地关上了电梯里的门和外面的金属栅门，然后站在公寓开着门的门口，而他们则迅速穿过走廊，地毯上铺着一层浅色的布料，上面可能有某些未知的东西，也许是一种保护，也许是为了在那些没有合适鞋子的人脚下保护地毯的精致。仆人走动的时候，脚踝灵活地摇摆着，双手垂在两侧，长长的手指随时准备着提供额外的服务，比如把一个快要从原来的位置滑落的瓷器摆放好，递上一个突然要用的烟灰缸，按下一个个隐藏在金色装饰下的开关，或是用没戴戒指的食指为绅士们指引方向，好让他们能走到想去的地方。

　　马蒂亚斯的家就在这里，但即使对他来说，这条走廊也显得太宽了，仆人们简直无处不在。佩德罗艰难地在这豪华的迷宫里穿行，厚重的窗帘似乎给这里稀薄的空气披上了外衣，隔绝着外面街道上污浊的空气和恶臭物质进入。间接照明的灯在将光线反射后，投射到一些旧油画上，光线的强度比普通光线更容易造成表面的裂纹，破坏油画的外观。走廊的尽头是几个房间，大小规模类似于修道院的食堂，但里面没有狭长的白色大理石桌子，反倒是摆放着一些皮质扶手椅，大得足以容下铁器时代遗留下来的巨人。在这些扶手椅前方，是一些小得有些滑稽的短腿桌子，上面摆放着难以形容的物件和有英文插图的杂志。

马蒂亚斯示意佩德罗坐在一把扶手椅上，佩德罗坐下来的时候，感觉到身体似乎慢慢地陷入一层层鸭绒衬垫和完全无声的英国制造的弹簧上。与此同时，梦游一般的仆人也以惊人的速度选择了一张符合马蒂亚斯喜好的唱片并开始播放，另一只手递过来两个高脚玻璃杯，里面装着水、气泡和冰块混合制成的乳白色饮料，冰块相互碰撞时发出的响声足以证明水晶玻璃的品质。尽管胃部不适，佩德罗还是喝得很尽兴，过了一会，马蒂亚斯拿出一支香烟放在手指之间，而仆人这时已经不见了，把点烟和收拾烟灰缸里的烟灰这种小活儿交给了远不如他熟练的人来做。

从他那间破旧阴暗又脏兮兮的房间到马蒂亚斯家的路上，佩德罗几乎没有说过话。他回顾着发生的事，但这些事件还无法以一种连贯有序的方式呈现出来，而是像一个富有想象力的记者放在工作台的笔记，等待着创作的灵感涌入心头，来揭示故事的隐含意义。马蒂亚斯虽然比佩德罗更精神些，但他也还没从昨晚经历的事情中回过神来，没有用那些雄辩的希腊凯尔特或拉丁语句子来吸引注意，而是用通俗的卡斯蒂利亚语说着像"真可惜！""这个老婊子！""简直是纯文学……"还有"没什么比一个无聊的德国人更有趣的了"之类的话。

随着时间的流逝，佩德罗感到太阳穴处的疼痛逐渐消退，远离了他的头部和颈部，但当他闭上眼睛时，似乎在深不可测的扶手椅里陷得更深了。他们隐约听到一些紧张的脚步声，起初有些犹豫不决，然后果断地向他们走来，马蒂亚斯站起身，像是站岗一样站得笔直，这也迫使佩德罗放弃了继续休息的念头，试图站起来，保持和马蒂亚斯一样的姿势。一位身穿黑色长袍的女士出现在他们面前，外面披着白色三角开衫，纽扣在后面，衣服上可以看到她娇嫩的颈部，比例匀称的头部，梳着一头充满艺术气息的发式。她朝他们走来，面露亲切的微笑。

"母亲，"马蒂亚斯说道，"你认识佩德罗吗？我跟你提过他。"

"当然认识。"女士回答说，她把一只纤细的手举得高高的，佩德罗只要稍微低下点头就能被她的双手捧住。佩德罗还在思考是该亲吻那只消瘦的手，还是简单地动动嘴唇敷衍一下，尽量不发出任何声音。

"您就是那个研究员，"女士说，"真有意思！您务必给我讲讲您的那些实验，听上去实在是太有意思了。我儿子告诉我，您是一位真正的科学家。"

"哪里，我只是在试图发现携带癌细胞的小鼠身上是否存在显性传播，或者环境因素是否更加重要。这真不算多有原创性的实验，在我之前，已经有一些美国人研究过了……"

"听起来真让人兴奋啊！您看上去的确像是真正的科学

家。我儿子有没有好好招待您？为什么不让他去给您帮忙呢？我这儿子虽然聪明，但是个懒汉。"

"如果他愿意的话，当然可以。"

"你们会在这里待会儿吗？如果你妹妹和她那些朋友过来的话，招呼下她们，好吗？"

那位女士不停地转动着身体，似乎认为尽管她身材苗条，但那些扶手椅对她来说还不够舒服。她精心打理的金发闪烁着耀眼的光芒，她的脸是椭圆形的，鼻子挺直，眼睛明亮，眉毛高高挑起。这真是一张精致脱俗的脸，但她嘴角几乎不停地颤动，看起来神经有些紧张，她额头上的皮肤过于透明，在下面可以看到一条蓝色的血管，下巴下面略微有些疹子，她的身姿始终保持挺直，以免过多地露出下巴的阴影，可能是出于习惯，也或许是西西弗斯一般的惩罚[1]。她一刻不曾怠慢的完美主义，让那阴影只出现了一小会就迅速消失了。

"请坐，请坐，"她说，"我更喜欢站着。"

"坐吧。"马蒂亚斯自己坐下来好回应她，习惯已经让他对这个女人的存在免疫了。

"我在等一个电话，马上就走。"她解释道。

她转过身背对着他们，走到大理石壁炉上方的镜子前，靠近那个看不见的音乐喷泉，音乐涌入这里，仍在房间里流淌，填满了房间的每个角落。她用敏锐的眼睛警觉地寻找着自己面

1　女士抬起下巴，就像西西弗斯推着石头爬上地狱山丘的过程一样，这是因反抗神明受到的惩罚。

部可能出现的瑕疵。此时，一直像是用别针固定在她白皙脸庞上的微笑突然消失，她的嘴角下垂，紧张的抽搐也随之停止。她眼睛中的凝视变得平和，眉毛的弧度也降了一些。就在那一瞬间，她似乎正凝视着自己，凝视着两个瞳孔之间等距的地方，但片刻之后，她把每个细节都看了一遍，又恢复了她自己创作的构思复杂又和谐的整体形象，就这样重新开始了无休止的游戏。就在那一刹那，她似乎印证了什么重要的东西，一件能保证她在面具下继续持久做自己的事情，一件让她不顾内心的痛苦和敏感肉体里尖锐的刺痛能继续去做的事情。

佩德罗并没有坐下，而是着迷地看着她，完全忘记了她的儿子就在身旁。而她也意识到他在打量着自己。

"您在观察我吗？我有些害怕。科学家们总是让我害怕。他们似乎能在我们身上看到我们自己都不了解的东西。"

佩德罗慌张不安地赶忙转移了视线，坐在他现在不应该坐的椅子上，烟蒂落在他的膝盖上，他笨拙地试图把它捡起来然后掸掉烟灰，但烟蒂落在地毯上，他踩灭了香烟。然后又看着她。

"您明天会去听讲座吗？"

"是的，当然会。"佩德罗回复道，但并不知道她指的是哪个讲座。

"很好，结束之后就来家里吧。我们有个聚会，是知识界的聚会，所以您不必担心，您不会感到无聊的。你领他过来，马蒂亚斯。"

"好，我们会一起过来，"马蒂亚斯说，"但你的聚会让我觉得无聊。"

"那你就别来了。但如果你的朋友真的像他看上去那么聪明，他会感兴趣的。"

她很快就把他们忘在了脑后，又转向镜子，严肃地注视着那个中间的秘密地带，在这过程中，她的整个面部装置又再次被摧毁。这次她盯着镜子的时间更长了一些。

"再会，再会！别起身了，我要迟到了。"她迈着有些紧张的步子离开了，身姿笔直，苗条优雅，双腿紧靠在一起，镇定自若，她非常清楚自己的秘密艺术作品能产生怎样的效果，就像蜗牛走到哪里都会留下珍珠般美妙的汁液。

"抱歉，我没想到她会在家。"在她还没有完全消失之前，马蒂亚斯开口说道，"她可真烦人。"

"她真年轻啊！"

"她可没那么年轻。去我房间吧！"说着就朝着和他母亲离开的相反方向走去。

"她不是说了让我们在这儿等你妹妹吗？"

"管她呢！走，去看看我的戈雅。"

马蒂亚斯的戈雅是一幅巨大的全彩复制品，用图钉钉在他房间的墙上，与帝国风格的家具和粉色壁纸形成鲜明对比。那只巨大的公山羊在巫术大会上，被陶醉入迷的女人们包围着，它用傲慢的姿态招呼她们，高昂的头颅不仅控制着每一个躺在地上的女人，也统治着那些胆敢凝视着画作的毫无抵抗力的观众们。

"你觉得怎么样？"马蒂亚斯问道。

"让我看看。看这幅画是需要勇气的。"

151

*

　　《巫术场景：大山羊》[1]（1798），现收藏于马德里拉萨罗·伽尔迪亚诺博物馆。大山羊，巨大的公羊，伟大的雄羊，替罪羊，发育良好的西班牙公山羊。替罪的山羊。臭气熏天的山羊。不！伟大的山羊在它辉煌的荣耀中，在它统治的最高权力中，在女性的中心崇拜中。它的角不是可怕的角，而是充满荣耀的阳具统治的象征。两只犄角表明其力量是双倍的。它用警觉的眼睛注视着那群躺在它腿上的女人，她们用一种亲密的托举的姿势，似乎正在乞求通过与这个既是恶魔又是欲望化身的黑夜之人的接触来复活她们因为流产而死去的孩子们；它喜欢把左蹄慈祥地放在那些尚未变冷但营养不良的身体上，那些是多次流产造成的虚弱多病的产物，而那些木乃伊状的身体则被悬挂在柔软的枝干上。那些孩子为什么要被勒着脖子吊起来绞死呢？他们是被什么挂起来的？难道是用供血的脐带来勒住这个渴望呼吸新鲜空气的婴儿的脖子吗？难道能用充满活力的脐带，让富含氧气的静脉血和起泡的碳化动脉血流动起来？那

1　西班牙画家戈雅的《巫术场景：大山羊》（*Scene de sorcellerie: Le Grand Bouc*）描绘了几个女人将自己的孩子献给位于画面中心的雄山羊（"中心崇拜"）的场景。其中一个女人似乎正在做一种受孕的姿势（"举起的姿势"）。在背景中，有三个孩子被吊在一棵小树上（"柔软的枝干"），就像被绞死一样。在上方，两群蝙蝠在半月形的背景下格外显眼。在这个关于杀害子女和女性崇拜的场景中，叙述者将进一步探讨两个主题：孩子们在奥尔特加的漠视下挨饿死亡，以及上层阶级女性对公羊的崇拜。

152

戈雅：《巫术场景：大山羊》，布面油画，43厘米×30厘米

个婴儿尚不能用喉咙发出呐喊、呼吸、咳嗽、哭泣，只是用嘴吞咽微量液体，这液体是生命漂浮的基质吗？三只蝙蝠摇摆着飞下来，栖息在那令人着迷的犄角上。它的左蹄扬起，做出拯救的姿态，那透亮的眼睛告诉我们，它所呼吸的是来自远处山脉的纯净空气，表明我们属于这片土地，既然是大地的孩子，最终也会回归大地。为什么被降服的女人们如此迷恋？它沉默的眼睛里传达了怎样的真理？女人们涌上前去，倾听真理。而这恰恰表明这些女人对真理漠不关心。它会抬起另一只蹄子，拿起一个苹果[1]。然后向被精选出来的观众展示苹果，就苹果的本质和存在特性进行一个小时的演讲。女人们会聆听苹果的本质[2]，但她们对此没有任何兴趣。让我们和那些不安的女人一起，和那些优雅的女人一起，和那些被挑选出来的女人一起，去听那激动人心的演讲！让我们向形而上学的霸王低头致敬[3]，让它的甜言蜜语在我们的额头上飘散四溢。只有它自己

1　戈雅画中的雄山羊与稍后出现在画中发表演讲的哲学家有关。这位哲学家是对奥尔特加·伊·加塞特的滑稽效仿，尽管苹果的数量严格正确。

2　在中世纪的经院哲学中（尤其是在阿奎那的著作中），"所是"（quidditas）代表了亚里士多德关于本质的概念。但是奥尔特加用不同的方式理解存在："我们什么时候会深信不疑，世界的最终存在不是物质，也不是灵魂，不是任何确定的东西，而是一种观点？"（《堂吉诃德沉思录》）。对于奥尔特加来说，本质是现实的一个基本组成部分，因此，苹果的本质（quiddidad）在漠不关心的女性听众眼中成了一个视角问题。

3　在奥尔特加写于1926年或1927年的一篇文章《形而上学和莱布尼茨》（La metafísica y Leibniz）中，他表现出对形而上学这一哲学分支的轻视，称之为"冷骗"。与纯粹的理性相对，他倡导基于历史、环境和生活等概念的生命理性，其中没有一个是形而上学的性质。叙述者不无讽刺地在之后说道，这位大师具备

知道它所能给予的东西。即使是在如此黑暗的夜晚，脸庞也会被一种不可能存在的太阳照亮。但那里确实有一道光芒，明亮耀眼；因为它戴着一副面具。只有眼睛属于隐藏在面具下的现实。它透过望远镜式的眼睛从那里凝视着我们，让我们更加神魂颠倒。为什么它的眼睛如此机敏？为了将我们看得更清楚！为什么它的角高高立起？为了将我们捆绑得更紧！当任何事物都被那双眼睛注视着的时候，堕胎的躯体在那里寻求复活。当手无寸铁的群众发动起革命，她却选择斜倚着身体感受着平铺的渗透。夜晚的太阳制造着无用的维生素虚张声势[1]，吮吸橙子皮、患象皮病[2]的天才得以继续滋长。因为在象神庙[3]和布瓦内什瓦里，孩子们在童年时期无情地因饥饿而死亡，但在这些庙宇中，对仪式的崇拜却非常盛大。正如婆蹉衍那[4]所说，人们对自然的崇拜总是像慈母一样，慷慨地给予滋养，即使是饥饿和其他死亡的障碍，也没能动摇人们对仪式的信仰，人们没有因此奋起起义，而是被熟练地分割成不同的教派，就像环节动物令人厌恶的环节一样，像爬行和蠕动的下等生物一样，永远无法感到自己有能力摧毁或者破坏艺术奉为高贵的事物，或者被

"独创的形而上学"。

1　此处对在小说发生的时期雀巢公司推出的一种奶粉品牌进行名词化处理。

2　象皮病是由寄生虫（血丝虫）感染进入人体淋巴系统引起的一种热带疾病，一般通过蚊虫叮咬传播，患者肢体或外阴等处严重肿大，且皮肤增厚、坚如象皮。——译者注

3　一种修辞手法，在此处指的就是在那座房子里。

4　古印度哲学家，著有《欲经》（或《印度爱经》），是古印度一部以经书的形式写成的关于性与爱、哲学和心理学的著作。

火焰毁灭[1]。噢，这是为了永远、永远不会实现预言而发出的宣言！噢，对未来的启示！我叫你叛徒！我叫你叛徒，我要把你关进巴塞洛没有火焰的密室[2]！你不是替罪羊，而是享乐的大山羊。你用慷慨的姿态伸出左蹄，却以右蹄威胁，一次又一次地与那学识渊博的机构秘书交往甚密[3]。你用尖锐的目光凝视着沾满锈迹的西哥特人的血液，你像X光一样的目光穿透了我们的脐带静脉。对这样眉毛低垂、额头狭窄的民众而言，你是如此聪明。山羊啊，既然你是用如此高贵的物质做成的，我们又怎会让你正眼相看。是的，确实，你清楚地看到我们有多愚蠢。我们这样的傻瓜是无药可救的。因为，对于这样愚蠢的人来说，吃得饱，穿得舒服，在新建的明亮的殿堂里接受虔诚的教育，用榨汁机从各种原材料——果汁、水果、内脏、肉肠、烤牛肉、鲜鱼、新鲜豆子、橙子（不仅仅是橙子皮）——中获得富含维生素和蛋白质的汁液和提取物，是永远不够的。因为他们是地中海低等的西哥特人被污染的血液[4]的受害者，将永远依附在他们的亚

1　能够摧毁和净化一切的火焰是印度宇宙观的基本组成之一。

2　1949—1950年期间，奥尔特加发表了一些关于《个人与群体》系列的演讲；其中第三场（后来收录在《全集》中）是关于透视的论述，并以一个苹果作为示例进行了说明。

3　在奥尔特加的《世界历史的一种解读》系列讲座中，词典编纂家胡利奥·卡萨雷斯是为数不多被赞扬的人物之一。自1936年起，他担任西班牙皇家学院的永久秘书，同时也是外交部的外交官和语言阐释主管。在卡萨雷斯的著作中（例如《幽默和其他论文》），他表达了对第二共和国和人民阵线的厌恶，以及对内战结束的宽慰。

4　根据奥尔特加在《没有主心骨的西班牙》中的说法，"他们是沉醉于罗马主

洲结构上，只能在穷困中艰难地生存，只能依靠优雅而非令人厌恶的西北地区的技术生存。老牛仔的忠诚，骑士的好客，安达卢西亚低地的半人半马，它们都象征着大象的剪影，血统，不仅是斗牛士的血统，而且是乞丐的血统，流浪的血统，勇敢的血统，七个孩子的七个血统[1]，来自马赛所有唐人街的血统和巴黎流浪的黑眼女人的阶层——她们太笨了连r的发音还没有学会——伟大的吉尔伯特和消瘦的玛丽[2]的血统，我们最欧洲化的村庄被刀砍过的血统[3]，而刀被血统最高贵的北欧国王用铁环固定在桌子上，现在它们只能用来切干的、生锈的面包。这一切你都了如指掌，大山羊，你用非常认真的方式深入挖掘，你就像一剂强效的解毒剂和治疗方法，然后指示我们应该将德意志的滋养、巫术的哈尔茨和巫师的存在以现象学的方式融合在一起。[4]

义的德国西哥特人，是一个颓废的民族，他们来到西班牙时，举步维艰。"

1　指传说中的七名儿童窃贼，"七个孩子的七个血统"的结构呼应了斗牛比赛海报上的"6 toros 6"的常见表达，意思是每场斗牛比赛会有六头公牛参与。其中的数字"6"表示公牛的数量，此数字在海报上通常会重复呈现。

2　伟大的吉尔伯特（Gran Gilbert）和玛丽·阿莱拉（Mary Alela）曾在巴塞罗那的波西米亚酒窖（Celler Bohemi）演唱，该场所位于唐人街核心地段。

3　这个村庄指的是巴塞罗那；"被刀砍过"可能指的是战争之后该城市所遭受的各种压迫（因此提到刀），如1640年的收割者，1714年的巴塞罗那围城战，以及1939年1月佛朗哥军队重新占领巴塞罗那；"血统最高贵的北欧国王"指的是中欧哈布斯堡王朝的菲利佩四世；"用铁环固定在桌子上"提醒人们，皇家政令要求巴塞罗那的餐馆和慈善机构的刀具被锁链锁在桌子上，以防止它们被用作武器。这段描写暗示了加泰罗尼亚的反抗遭到镇压。

4　"伟大的解毒剂"是一种药物，通常是将各种药物混合在一起，为拯救病人做最后的努力（在1949年关于阿诺德·汤因比的演讲中，奥尔特加提到他的朋友你精神的加罗林将成为我们的临时监狱[1]。但是你是个好人；所以你将左蹄抬得比右蹄高一点，所以你穿着那件不属于你的衣服，却让那些钦佩地注视你的人感到愉快。因此，你自称是对哲学情有独钟的人，像教化小孩一样温柔地向人们传播哲学，就像穿着衬衫的男孩[2]，如此自然，如此优雅，用华丽的笔触和富有启发性的比喻来展现崇高的风格，即使是那些无辜死去的孩子们也会原谅你，哪怕你没有说他们死去的原因（他们没有看着你的面具，而是盯着你的眼睛），我们将忽视你的两只角，唱着一首几乎听起来就让人感到悲伤的赞美诗将你送入坟墓。

*

像所有井然有序的宇宙一样，举办这个活动的地方是一个多层叠加的建筑结构。整个建筑由下层、中层和上层组成，它

弗朗西斯科·德·阿尔坎塔拉，在药房里展示给他看了一种伟大的解毒剂）；哈尔茨是一个新的复合词，由哈尔茨山脉和黑森州两个部分组合而成，歌德的《浮士德》中有关瓦尔普吉斯之夜的故事发生在哈尔茨山区；胡塞尔（Edmund G. A. Husserl, 1859—1938）是奥尔特加思想的重要源头之一，现象学在马丁-桑托斯的精神医学思想中占有重要地位。

1　根据1899年6月4日的法律条款，加勒比地区的加罗林群岛、帕劳群岛和位于太平洋的马里亚纳群岛被割让给了德意志帝国；此句通过隐喻暗示奥尔特加在思想上已经向德国人投降，他们帮助佛朗哥把西班牙人置于囚禁的境地。

2　指的是斗牛士比森特·帕斯托尔（Vicente Pastor y Durán, 1879—1966），他在1902年获得了斗牛士资格证书。

们是整个建筑的顶点和动力支撑。就像在所有神创论中不可避免会发生的那样，下层是奉献给地狱的，可以同时包含罪恶、邪恶、堕落和长时间应受的惩罚，以及土地上的生命力、创世力和沉浸在官能快感中的享乐。所以，我们所指的宇宙的较低层，与上面的两层没有任何共同点或关系，通常是仆人们跳舞的地方。在那里，无论在同一栋建筑较高一层的大师是否在演讲——在时间上完美地同时进行，在空间上严格重叠——这群汗流浃背的人都在旋转、摇曳，伴随着自称是来自非洲和古巴的琴声。如果中层和上层的空间是空的，即使在较低层中产生了声音和气味，也无法穿透到上面去。但事实并非如此，中层空间中的群体数量与低层空间不相上下，尽管其组成有很大不同。在活动开始之前，这群人在房间里不太豪华的座位和忙碌的走廊上排成布朗运动的无序状态[1]，发出嗡嗡的声响，只有通过一个向庭院敞开的窗户才偶尔传来演奏的喇叭声或鼓声。至于气味，中间层里弥漫着各种昂贵的香水混合物（其中一些是直接从巴黎进口的，尽管收支平衡已经很难维持）、医用洗剂和男士增发剂，还有大量的金黄色烟雾，以及一些热衷哲学的学生腋下和脖子上散发的难以觉察但又不可避免的汗臭味。早在存在主义盛行之前便是如此。最后，我们可以总结一下神创论的谱系：第三层，同时也是最高层和整个建筑的重要部分，是以电影院舞台的形式呈现出来的。在那里，除了一张上面放

---

1 马丁-桑托斯似乎暗指布朗运动，即微观颗粒在液体中悬浮时持续不断且无序的运动。

着灯、一个水罐、一个杯子和一个苹果的书桌之外，还有一块没有写字的黑板，笼罩着一种不祥的气氛。在大师出现并在讲台前开始采取行动之前，这第三层都只存在于虚拟或寓言的状态中。

地下室那些可怜的罪人们对于他们头顶上方三米处所发生的事情毫不知情，因此他们无法预料到凯尔特伊比利亚最敏锐的意识将会有意地提高他们同属的社会的智力水平（虽然他们不配）。但我们可以观察到这种现象的相互关系和完美的对称性，因为中层空间的人群甚至强大的大师，也对他们脚下正在发生的有趣的现实毫不知情。这种现实与之前提到的同时发生。对于一个凑够了三比塞塔的青少年来说，直接了解到他们种族的同伴是如何构成的至关重要，尽管她们也能进入伊甸园般的领域，却无须付出任何代价。因为正是通过这些相遇，而非其他方式——如无情的繁殖或者鹳鸟的搬运——原始的生物连续性才得以形成，这是其他领域所依赖和滋养的原始生命种子，不仅满足了各种类型的身体需求，还提供了具有创造性的艺术家、画家、斗牛士和年轻女子为伴。但事情就是这样，当人们困在自己的世界中时，他们对哲学家毫不关心，而二流电影院门口豪华汽车的涌现只会让他们感受到过马路时遇到的新困难，完全没有意识到自己所经历的重要历史时刻。

这两个朋友属于中层空间，右边是一个穿着典型的黑色外套、被逐出修道院的前修道院学生，左边是一位来自上流社会的优雅女士。他们前面、后面和两侧都被同样出身的女士和有同样血统的男男女女的诗人所包围。一位身着巴伦西亚加特有服装的女士[1]，戴着专门为这个场合挑选的帽子——一个小型帕拉萨特纳式头盔，上面唯一显得轻浮而引人注目的装饰是一根红色的蜂鸟羽毛，就像个奖杯一样——不停地用两只令人倾慕的手在头顶上优雅地挥舞着。在向她身旁的同伴和哲学爱好者解释她的想法时，这双手像活生生的动物一样，描绘着不可预测的广泛轨迹，从未停歇，彼此追逐，展示着没有烟渍、没有角质层、没有多余脂肪的优美线条，即使是最精细的工具也无法呈现出这样的状态。佩德罗盯着装饰着这双手的指甲看了一会儿，它们比平常看到的更长，更凹凸，更鲜红，这让他感到不安，仿佛在提醒着他什么事情。

然而现在，伟大的大师出现了，宇宙世界结束了它分裂为三层的过程。当热烈的掌声逐渐平息下来的时候，最后一批时髦的人在极度愤怒的嘶嘶声中溜坐回了他们的座位。炼狱的圈子——也就是我们说的廉价的座位，虽然只比舞台高一些——容纳了他们滞后的灵魂[2]。而大师庄重又充满自信地开始演讲，他非常清楚自己的重要性，为了照顾听众的水平，他礼貌地贬低着自己，在他身后的是盛行了八十年的欧洲理想主义和他独创的形而上学，来自全世界的赞誉，以及广泛的知识和阅历。他是一位热爱生活、修辞华丽、有着独特隐喻风格的作家和演

1　克里斯托瓦尔·巴伦西亚加（Cristóbal Balenciaga，1895—1972），20世纪四五十年代西班牙最杰出的时装设计师，法国奢侈品牌"巴黎世家"的创始人。
2　炼狱是不应受永恒谴责的罪人的去处，经历一段时间的惩罚和净化后才能升入天堂。但丁将炼狱描绘成一座有七个层级的山（而不是地狱中的九层），根据罪孽的严重程度，灵魂被安置在不同的层级中。

说家。他在德国乡村的大学中备受推崇，是"在海德格尔之前就已经说过这些话"的人[1]。他开始演讲，内容大致如下：

"女士们（停顿），先生们（停顿），在我手上的（停顿）是一个苹果（长时间停顿）。诸位（停顿）正在看着它（长时间停顿）。但是（停顿）诸位是从那里，从诸位所在的位置（长时间停顿）看着它。而我（长时间停顿）也看到同样的苹果（停顿），但是从这里，从我所在的位置（极长时间停顿）。诸位看到的苹果（停顿）是不同的（停顿），非常不同（停顿），与我看到的苹果（停顿）不同。然而（停顿），它是同一个苹果（感知）。"

观众们还没从这一启示中恢复过来，他就开始继续居高临下地讲话，适当地停顿了一下，准备解开谜题的关键：

"产生这个现象的原因是（停顿），我和诸位（长时间停顿）是从不同的视角看待这个苹果（画面）。"

1　奥尔特加试图通过生命的形而上学超越后康德式的唯心主义；"热爱生活"明确表达了他在《我们时代的主题》（1923）中对生命的哲学赞颂，其中有一些类似于《查拉图斯特拉如是说》的回忆。"德国乡村的大学"指的是奥尔特加年轻时在马尔堡大学接受教育的经历；最后，关于奥尔特加和海德格尔的关系，奥尔特加在《歌德内心深处》一书中写道："海德格尔的一两个重要概念早在我三年前的书中就已经论述过，特别是关于生命被描绘为不安、焦虑和不确定性的概念，以及文化被描绘为安全和对安全的关注的概念。这些观点都可以在我的第一部作品《堂吉诃德沉思录》中找到。"为了效仿海德格尔的风格，叙述者在原文这句话中使用了短横线（el-que-lo-había-dicho-ya-antes-que-Heidegger），试图将句子融合为一个词，一个新概念，类似于"ser-en-el-mundo"（在世界之中存在）或"ser-ahí"（此在）。

*

佛洛丽塔临终时，为她做最后处理的医生没有给她开具合法的死亡证明，她的遗体只能用三种方式处理：伪造一份死亡证明，贿赂一个与这个子宫内杀人案无关的具备资质的人员，或者把尸体秘密埋葬在禁地之外。鬼脸活跃的大脑不停地寻找解决问题的办法，阿玛多也想办法帮助他，但还是在一个暴脾气的人一顿攻击和审问后灰头土脸地回来了。每种矛盾的解决方案都有其特殊的困难。最好的办法是恳求佩德罗先生在证书上签字，但这也毫无意义，因为他全职从事动物实验，没有注册资格，也无法对佛洛丽塔的死亡进行合法认证。"如果她没出那么多血的话，我们可以叫下面那个人上来，"鬼脸说道，"这也许是个突发事故。""我们只能自己把她埋了，没有其他的办法，要不然我们都得进监狱。""院子里有地方。""一定会有告密的人，我一点儿也不喜欢那家伙。""他不是那种会到处说的人。""也许他不是，但我告诉你，他在打什么算盘。""老太太和自以为是的庸医都会保持沉默，他们清楚利害关系。"

但那个胖成球的妻子已经出发了，走了几千米尘土飞扬的路，一直走到一个移民不受冷眼对待的区域。那里的人仍旧可以像她曾经住的村庄一样倾听教堂为死者鸣钟的声音，这样她失去的女儿的遗体就能伴着祈祷和悼念入土。她买了一副棺材，尽管这种冲动的行为可能会给那些未经她许可就决定了她女儿命运的人带来法律上的麻烦。专业的掘墓工人们凭借多年

163

的工作经验熟练又迅捷地铲起第一抔红土覆盖在准备好的棺材上，里面装着佛洛丽塔已经流干了鲜血的躯体。

与此同时，佛洛丽塔的尸体正处于绝对的安息状态中，还没有受到死亡后秘密操作带来的影响。她满脸伤痕的妹妹在她的遗体周围摆放了一些鲜花，然后站在那里注视着它。

*

客人们兴奋地叽叽喳喳，争先恐后地涌向灵活敏捷的仆人的领地。他们摆出各种姿势，有的坐在巨大的扶手椅上，有的挤在沙发的扶手和靠背上，这些座椅给有文化的鸟儿们提供了舒适的栖息地，鸟儿们手里还端着装着鸟食的玻璃杯，朝着四面八方鸣叫，它们之间的声音的区别不仅仅是其中包含的具体内容，还因为鸣叫声的音色各不相同。那些带着粉红色喙的雏鸟儿们大声说着："你讲得太容易理解了！"这种表达浅显易懂，几乎没有什么破坏力，甚至有些谦卑，很难相信它们就这样轻易地飞到了科学之树最低的枝头上；而说着"我完全明白你的意思"的等级更高一些的鸟儿，则表现出更自满的态度，同时也对哲学家阐释真理的方式表示赞同和认可；说着"他比以前更棒了"的鸟儿一副知识渊博的模样，它正品尝树上的水果，能通过声音分辨出它们哪个是鳄梨、芒果、菠萝，或是其他热带水果的品种，还能判断这些水果的成熟度，以及在采摘和剥皮时是否遵循了保持果实美味的规则；而说着"关于苹果的那部分真是太棒了，没有人能像你这样准确、清晰地解释出每个人的世界观取决于他在宇宙中的位置"[1]的则是一只神采奕奕的夜行大鸟,一只栖息在树冠最隐秘之处充满智慧的猫头鹰。但那位贵妇人不属于这些类别中的任何一种。她既是稀有的鸟儿也是捕鸟人,在树枝间飞来飞去,唱着比其他鸟儿更为复杂的歌。这些歌既被她当作自己的荣耀和装饰,也有一个更微妙的作用,那就是把鸟群分成两组或三组,在不断的调整变化中保持整体的动态平衡。她小心翼翼照看着鸟群,以防任何愚蠢的鸟儿被过分孤立,或者被某个不负责任的鸵鸟无意中踢了一脚而受到干扰。它们在广阔的空间中分散开来,这里既容纳了那些天生属于较高社会阶层的鸟儿,也容纳了过于贪婪或者过于聪明的鸟儿,还有从低地沼泽和不够清澈的小溪中降生的鸟儿。这些美丽的鸟儿之所以能够达到那些并非为它们准备的高度,完全是因为它们具有特殊的羽毛或者引人入胜的歌喉,以此抵消了物种本身的平凡。就像在一个土褐色鹧鸪家族有时会发生罕见的突变一样,在没有明显原因的情况下产生具有珍珠色羽毛的鹧鸪,或者在普通的麻雀中,几代之后会生出一只胸脯一片火红色的漂亮麻雀,斗牛鸟、画家鸟,甚至更罕见的是诗人或作家鸟——除了诗意之外还有一颗硬币般精致的头颅——尽管出身底层,却能够在那里与天堂中的鸟儿交往,与高贵的粉红色火烈鸟交往,然而从翅膀的精致、修长的脖子还有羽毛上的装饰来看,后者总是能够和新来的鸟儿区分开

1　原文使用的Weltanschauung（世界观）,取自康德（Immanuel Kant,1724—1804）的《纯粹理性批判》（1781）。

来，仍然保持着与众不同的气质。

"我看到您来了。"那位年长的鸟舍主亲切地说道，目光停留在佩德罗身上，他身穿皱皱巴巴的紧身深蓝色西装，看起来像只企鹅。"您喜欢这个讲座吗？"她边问边环顾四周，艰难地在寻找一个位置，好把马蒂亚斯这位不知名的研究员好友安排到合适的位置上，除了这个身份，他也没什么拿得出手的介绍了。除非她提到癌症这个极其残忍的词语，可能会引起某位年迈的女侯爵的兴趣，尽管她已经满脸皱纹，但仍然精心保养着自己这副多来年备受宠爱的身体。她随心所欲地挽着那位惊慌的年轻人的胳膊，没有理会他含糊不清的喃喃低语，只是微笑着穿过那个茂密的鸡尾酒丛林，一些扭曲的枝条上燃烧着笑声的火焰，还有一些鹦鹉对说话者所展现出的惊人智慧发出的尖叫声。

突然之间，佩德罗发现自己站在两位高贵的女人面前，他摆出一副既尊敬又沮丧的姿态亲吻了她们的手，同时对隐约从女主人口中听到的"癌症"一词感到惶恐。直到女主人消失之后，他才惊恐地发现，完美的女主人犯了一个计算错误，因为那两位皮肤粗糙的鹤一般的女人似乎更喜欢交流个人印象并进行无情的监视，不愿意把太多的注意力放在他身上。经过一段似乎很漫长的时间后，老妇人们混乱的闲谈被打断，她们凝视着他，仔细打量着他的领带和鞋子。

"您是多洛蕾丝的侄子吗？"一位老妇人问道。

"不，夫人。我……"

"玛蒂尔德说什么了？多洛蕾丝得了癌症？"另一个老妇

人同时向她的同伴和他问道，带着一种漠不关心。"可怜的孩子！"

"不是，她说的是我在研究癌症。"

"哦！您是……您是医生吗？"

"更准确地说，我是研究员。我正在小鼠身上研究癌症的问题……"

"但您听了刚才的演讲。"第一位老妇人接着追问，希望获得更准确的信息。

"是的。"

"那么，癌症和哲学有什么关系？"听罢这个问题，佩德罗陷入困惑，他觉得自己应当巧妙地反驳，但话到嘴边还是没有说出口。

"无论你做多少实验，癌症都是不可能被治愈的。"

"对，至少现在还不行。"

"你说多洛蕾丝得了癌症。他们给她做了什么治疗？无论如何，可怜的多洛蕾丝已经时日无多了。"

"我没有说……"

"您为什么要否认呢？这是众所周知的事实。乳腺癌。她家族里的所有女人都死于这个病。但他们就是坚决否认，说是因为肺炎。她的母亲得了癌症，她那个修女妹妹也是癌症……啊！玛蒂尔德！"她以一种从她的外表看来难以置信的敏捷姿态站起身来，跟在女主人后面，后者装作没听见，向一位备受尊敬的法律专家飞奔去；这位专家正被一群不愿提及年龄的中年女士围着，讨论着在当初没有签署财产分割协议的情况下女性在婚姻中的权利问题。

　　佩德罗趁着女主人移动的间隙，悄悄地摆脱了另一位看上去像个聋子的老妇人。他没有说任何话，装作专心倾听，手里拿着空杯子，以此作为托词。他像贝都因人一样向一片绿洲移动，不小心遇到了和一位高挑的年轻金发女郎在一起的马蒂亚斯，这个女子正饶有兴趣地专注地盯着佩德罗的这位朋友，一只纤细的手臂环在他充满男子气概的衣领上，她问了马蒂亚斯一些问题，而马蒂亚斯则像被奉承的人一样，一脸骄傲，似乎用了很长时间才回答了问题。佩德罗露出一丝天真满足的微笑，试图靠近他们，结束他在充满陌生人的客厅中漫无目的的闲逛，但当他举起手，微张着嘴准备打招呼时，他看到的却是一个完全陌生的眼神，无视他作为一个个体的存在。有那么一瞬间，佩德罗想知道自己是不是犯了什么错误，或许是他在等待中出现了幻觉——让他在一个陌生人的脸上投射心中熟悉的那个人的面容甚至是动作的幻觉。但不对，那就是马蒂亚斯，虽然佩德罗从未见过这样的马蒂亚斯。不仅他的眼神不一样了，他嘴角的表情也发生了变化，明显可以看出从他嘴边说出来的是比拉丁语陈腐得多的普通词汇，那是一种只有初来乍到的人才会欣赏的秘密语言，具有让美丽的生物感到亲切并渴望的能力，他们纤细的脖子上散发出一道光环，头颅像被一块磁铁吸引住一样凑近说出这些词语的人。马蒂亚斯的身体也摆出了不一样的姿态，上次马蒂亚斯的母亲突然出现时佩德罗也在匆忙中瞥到了他这样的姿态。他在那一瞬间的直觉中已经有了一些察觉。马蒂亚斯手握着杯子，就像是在遵循一种普遍的命令，但他拿杯子的方式不同了，举杯的方式不同了，从杯子里喝酒的方式也不同了。这个过程的细节很准确，举止很独特，他的动作慢慢在空间中铺展开，仿佛任何可能的变化都是在亵渎神灵。那个曾与他一同感受着大师空洞无物的演讲的惊愕的马蒂亚斯，现在变成了一个完全不同的人，向他展示着未知的一面，就像月球不为人知的另一面一样，虽然不易察觉，但毫无疑问的确存在。为了确认在那个看似更真实的外表下隐藏着的他的老朋友，并且传达他无法与他一起享受他们热衷的谈话，马蒂亚斯向佩德罗会心地眨眨眼，仿佛在说："是这个天使不放我走的，但如果你知道她有多迷人，你会原谅我的。"

佩德罗在一把无比柔软的扶手椅上坐了下来，任自己陷落其中。他不得不承认自己正在被嫉妒所吞噬：中世纪画家在象征性的寓言场景中，将嫉妒描绘成一头黄色野兽，将淫欲描绘成一个手持苹果的裸体女人，将傲慢描绘成一个戴着皇冠的女人。在那个世界里，言辞具有他所不具备，但有可能获得的意义，而姿态以一种他无法看见的范围展现其美丽——但也许某天他能看到，彻底摆脱他不愿承认的色盲。在这个世界也同样栖息着另一个物种，它们待他友善宽容，并帮助他攀登一段漫长但并非不可逾越的阶梯。是的！这只是一个行动，一个需要意愿的行动，就像天使会引诱着说[1]："吃了这个果子，你就会像神一般。"只需要迈出那一步，或者做出那个姿态，或者咬

1　这是恶魔（堕落的天使）引诱亚当和夏娃的话（《创世记》3:5）。

上一口，然后置身于通向目标的行列中。他只需要决定成为像他们一样的人，走向那果实，依附、融入、接受新的本性。但他不愿意，因为不愿意所以感到痛苦。他痛苦是因为他迫使自己对他现在嫉妒的东西嗤之以鼻。但他之所以鄙视这种生活方式，到底是因为这种生活方式真的让人鄙视，还是因为他无法靠近并且参与其中？难道这不是被剥夺了依靠所产生的怨恨，不是因为他的道德观具有绝对价值？如果他如此确定他想成为的是他应该成为的，为什么他会痛苦？为什么他会嫉妒？因为这个小小的世界让他承受了太多的痛苦，他本可以进入其中，却因为这些愚蠢又自负的金色母鸟没能融入其中。能被人倾听和赞赏，能亲吻别人的手，能被允许参与婉转含蓄的对话，能站在上面成为他们中的一员——精英的一员——成为那些超越善恶的存在，因为他们敢于咬下虚荣的果实，或者因为他们把它当成理所当然，在一呼一吸中将它吸入，毫无觉察并且无须触摸。

"您一个人在这里做什么？"鸟舍主问道。

"马蒂亚斯很忙。"佩德罗带着报复的心理回应道。

愤恨让他变得暴戾，因为在他琢磨了一番之后，不准备赞赏任何人，也不想惧怕任何人，反而想穿上傲慢的铠甲进行防御。

"别告诉我您不开心了。"

"我不明白这些聚会的目的是什么。难道不是为了讨论会议吗？"

"大家都在讨论跟演讲有关的事情……您刚才一直在发呆。您没有和教授聊聊吗？"她指向一个庞大的群体，一个秃顶男子仍在高谈阔论。"您想我给您引荐一下吗？"

"不用了，非常感谢。我要告辞了。"

"您生气了，您觉得我们忽略您了。"

"不，不是这样的。"

最后，他还是突然掉进了陷阱，他给自己胡乱披上了有色的羽毛，想让自己变得有趣，接着说：

"昨晚我做了一台手术。"

"真的呀！"华丽的女士说道，"快跟我说说！"但还没等他来得及告诉她，甚至还没能站起来，她就打断了他："不好意思！"那位教授要走了，他要离开这个聚会。他被智慧的光环所包围，就像一艘巨大的船在起航前缓慢地晃动。"真可恶！他为什么这么快就要走？"

"夫人……"

"请您留步。我还没和您好好聊聊。有很多有意思的事我想听您讲讲……"

"那就聊一小会儿……"说罢教授领着她走到了靠近门口的一处角落，用温和的手势和专注的目光谈论着一门她完全不感兴趣的科学。佩德罗全神贯注地看着她，目光中充满了占有欲，他觉得自己对这个女人已经有了一些权利，但另一个男人把她对自己的关注给偷走了。他希望她能听他说话，因为他本来准备告诉她……但佛洛丽塔的尸体出现在客厅中央，躺在那又深又柔软的地毯上，比她家里的床铺更舒服。她固执地一丝不挂，任凭她的血在家具和那些身躯庞大的宾客们的腿间肆意地流淌。毫无疑问，这是他们不应该看到的景象之一，因为即

171

使他们从她身边经过，或者无意中踩在上面，也没有人会注意到她。在这个众神和鸟类组成的世界中，尸体有尸体的规则。

这时，马蒂亚斯突然出现，脸上带着惊慌的神情。他的面部扭曲，已经忘了之前把手搭在他胸前的金发仙女，似乎又恢复了他平常的本性。他焦虑地看着佩德罗。他跟他说了一件严重又紧急的事情，有人来了，那人有重要的事情要告诉他。他在楼上，就在那个巨大的公羊仍然主宰着沉默的聚会的房间里。马蒂亚斯非常紧张。为什么他的脸色如此苍白？有人十分迫切地想见到他。他还没有从那深陷的扶手椅上起身，层层的寂静让他几乎听不到马蒂亚斯的声音。他通过马蒂亚斯的手势猜到了发生的事情。马蒂亚斯抓着他的胳膊，把他带离了聚会，远离了众神，走向一个就在旁边等待着他的现实，就在卧室里，在巨大的公山羊面前。

*

进行大规模生产的工厂和仅生产较少数量的制成品的工厂之间的区别不仅仅是数量上的差异，而且还存在着质量上的差异，这些差异使得泰勒主义和贝多尔主义[1]所制定的规则具有

1　指的是管理科学原则在企业工作组织中的应用，这些原则由弗雷德里克·泰勒（Frederick W. Taylor，1856—1915）制定。法国工程师贝多尔（Charles Bedaux，1888—1944）对泰勒制定的规则进行了延伸，并制定了一个称为"分钟点"或"贝多尔点"的计量单位，用于衡量一个普通人在八小时工作日内每分钟可以完成的工作量。

更高效的效果。当制造业达到大规模系列生产的时候，生产线会将一个或多个操作员分配给每个可以分解整体工艺的最小操作。这时候，计时原则才能发挥它的全部价值，可以避免整个工厂只能"按照最慢的工人的速度运转"。合理的总体计划，配备简明扼要的操作图示，以及位移、运动、时间间隔、做决策的相对复杂性，并完全排除任何对技术的依赖，能够产生我们所期望的结果。或许在我们城市的任何企业中，由于无法保证生产体量，可能无法达到绝对精确的合理化。因此，为了深入了解其基本原理，我们应该参考一种组织形式，尽管不完全涉及制造业，但有足够数量的对象需要处理，以使合理化的规范发挥其明显的效力。这个组织处理的是垂直埋葬，即处理一些人的尸体的方法。这些人生前属于较为贫困的社会阶层，他们没有能力或是不愿购买自己的墓地，因此死后注定要被放置在一个界限模糊的区域内，直到尸体的腐烂过程完成，然后被转移到一个被称为骨灰坛的坟墓中。由于可供使用的土地——尽管城市周围有很大一片沙漠地区——必然有限，但死亡人数可以被认为几乎是无限的。永不停止的时间流逝每天都会以缓慢或慷慨的方式贡献出自己的收获，因此必须开发出一种技术，既限制腐烂区域的范围，又减少财政部门在这项为每个市民提供的最新服务上的支出。众所周知，泰勒–贝多尔主义的本质和基本原则，是让每个工人不能浪费哪怕一分钟的时间，无论是等待工具到来，还是需要适当处理待加工的零件，或者是由于疏忽点燃一支香烟，并且在工作过程中，每一个构成这个不间断活动的动作都要有准确的产出，改变与制成品相关的物质在空间中的位置。根据这些规定，东方墓园的埋尸人员不再玩弄骷髅或骨骼，也不制造低级趣味的恶俗玩笑，而是将他们的工作持续不断地进行规范和合理化。其中一个我们可以称为A队的小组在红土上挖出长方体的矩形坟墓，深度约为四米，宽度和长度根据长期的经验来确定。另一个我们可以称为C队的小组用手推车将剩余的土用作填充物，大约不到土的总量的八分之七。与此同时，B队专门负责实际的埋葬工作，这是整个过程中最专业的部分，值得进行更详细的描述。根据合理化的方案，每个工人都专注于自己特定的工作，而其他次要服务提供所需的材料，根据需要严格控制节奏以实现最佳效能。这种周期性的时间间隔是根据工作日需要运送的遗体数量而制定的，遗体会事先存放在一个宽敞的仓库中，每隔一段时间，队伍会从那里出发，按照之前统一的速度沿事先设计好的各个路线行进。由于处理每具遗体所花费的时间是确定的，所以可以先确定一个基本的时间周期，在此基础上增加一个与亲属悲痛程度相关的修正系数，这样就可以确保葬礼队伍不会互相碰撞或在同一个坑边相遇。通过设置不同的、不可重叠的路线，就能够确保对遗体进行完美的保护，任何两个连续的送葬队伍会经过不同的路线朝着同一个目标行进。当遗体到达长方形的墓地，A队刚好完成坟墓的挖掘，正在把遗体转移到另一个距离不远的位置开始类似的挖掘，此时B队的工人们开始行动。他们迅速准确地放好两根粗绳，穿过棺材底部：一根理论上位于颈部或稍低处，位于脊柱起始处的骨头突起位置；另一根理论上位于膝窝或关节位置。通过这两根绳子，确保遗体的完美平衡。通过这些绳子，每个四人小组的成员抓住其中一根绳子，让棺材迅速下降，几乎不碰到或者只轻轻擦过挖掘的坟墓的垂直边缘。棺材由厚度较薄的松木制成，有利于各种元素更快地渗入其中，以促进丰富的腐败过程：湿度、土壤、植物根系、细菌、昆虫的卵、小白虫，等等。到达底部并确认水平放置后，可以通过先拉动一根绳子再松开另一根绳子的方法轻松取下绳索。随着葬礼的进行，悼词和宗教礼仪的伴奏同时进行，并在短暂的时间里允许死者最亲近的家属扔一把土到那个并不稳固的棺材盖上。四名工人同步行动，彼此互不干扰，用足够厚的一层土盖住遗体，足以将其隐藏起来，让好奇者的目光无法窥见。有时是无礼的亲属们执意俯身于坑边，希望能瞥见黑色木板的一角。但土层又不能太厚，否则就会大大缩小坟墓的容量，从而降低他们的工作效率。这一层土被紧密地覆盖在死者身上，但又留出了未来腐食生物所需的空气，此时B组的工人会做出一个非常明确的动作，表示"好了，完成了，结束了"，让所有继续研究赭色覆盖物的旁观者意识到他们的活动是徒劳的，然后抬起头，在犹豫片刻之后，跟上牧师和他助手的脚步，步履坚定地向仓库区走去，寻找新的"货物"。他们早该这么做了，因为下一趟运输正悄悄靠近，只有那些因悲伤而噙满泪水的眼睛还没有注意到。良好规范的合理化操作就是要确保下一趟运输不能有丝毫拖延。通过这种方式，垂直埋葬可以在最小的空间和最小的体力成本下埋葬尽可能多的尸体，同时又能保留良好的道德或宗教仪式。这些看似简单的工人用一种毫不炫耀的方式完成了一个几乎无法实现的理想工作。

佛洛丽塔那具毫无血色、假装成处女的尸体被带到了前面提到的储存区，具体时间不确定，被放置在精心管理的一系列石棺式的桌子上。在阳光的照耀下，东方墓园向人们展示出了它所有梦幻般的花园装饰，就像博斯[1]的魔幻花园一样。宝塔的尖顶将彩色瓦片托举到东方的天空。一群慢吞吞、懒洋洋的悼念者成群结队地沿着小路走着，欣赏着各种奇观：那些像棋盘一样的隔间展示着每个死者的小房子，每个房子都有独立的门户，门可以被敲响，有支付能力的人可以在楼梯从三层盘旋下来的房子里安息；尖尖的树被黄色的花包围；那些贫瘠的地区，除了临时的木制或铁制十字架还有私人花园的小栅栏，不允许任何永久性的墓碑存在；还有那些在庸俗风格盛行的时期由一位疯狂的建筑师设计的建筑物。所有这些杂乱无章的元素把这个地方弄得像挪走了人工湖泊、水流、拱桥和垂柳的扇形的日本风景。

　　鬼脸胖成球的老婆，还有三个老妇人，一个穿着灯芯绒衬里的外套，一个是村里人的表亲，还有阿玛多的老婆，她们都是那个熟练地将诱人的肉体化为尘土的声东击西的熟练操作唯一的目击者。但是，就在这具经过漫长跋涉被土覆盖的棺材上发出空洞的撞击声，在悼念者们俯身看着佛洛丽塔的遗体时，一份来自遥远法院的法官开具的开掘令到达。不知道通过

1　耶罗尼米斯·博斯（Hieronymus Bosch，约1450—1516），荷兰高产画家，善于创作恶魔、半兽人、机械等形象，其画作多描绘罪恶与人类道德的沉沦。"魔幻花园"指的是博斯于1515年绘制的《人间乐园》，现收藏于马德里普拉多博物馆。

怎样的阴谋诡计，他在黯淡无光的纸上签署了一份合法认证的文件，一个法警骑着自行车把它带到了墓地。以这种荒谬的方式，法律——永远不人道——打乱了工作的节奏，阻碍了当天的工作达到效率标准。B队和C队不得不共同挖掘那些软土，因为A队声称这不是他们的职责范围。那些新鲜的棺材堂而皇之地被摆在了一片狼藉与混乱之中，在光天化日下再次展现了本不该被看到的景象。

"就是这个。"所有小组的队长都十分确定并且毫无畏惧地说。当棺材被打开的时候，所有的疑问和一切错误都被他们理智的头脑——否定。佛洛丽塔的尸体沿着一条不回头的道路开始返回，但不是回到同一个仓库，而是前往附近的另一座亚洲式建筑，那里是法医们工作的地方。这次的验尸员是个红润、开朗的胖子，对人体和各种蠕虫都十分熟悉，所以他不会对任何发现的东西感到恶心。

*

这个伟大的审判之眼（白天霸占着天空穹顶的顶点，通过阴险的光线投射在房屋的白色外墙、几乎支离破碎的茅屋屋顶、沙质斗牛场以及阴影中敏感灵魂的聚集地之上，通过同样的光线在每个惊讶的观众面前顽固地执意证明，事物的不透明表面，其形式、其大小，还有各个部分在空间中的排列是真实的，相反，它们的本质、深层的象征意义在夜晚时是不存在的），像往常一样将转化活动扩展到阴影世界的深处，那是黑夜女儿的宫殿，路易莎夫人坐在那里一动不动，像一只大腹白蚁蚁后一样躺着。就像她在另一个阴影王国中的同类一样，她也能把婚礼上戴着纯白面纱的舞者转变成不知疲倦的没有翅膀的工蜂；而且，像她的同类一样，她不需要通过残酷的外科手术、器官切除或强制戴上金属贞操带这些方式来完成这种可悲但却有利可图的转变，只需要对饮食和生活习惯进行简单的调整，包括经过精心研究的睡眠和清醒的节律调整，就能达到预期的效果。就像在蜂巢或蚁巢中放置一个玻璃墙就会立即引起集体的反应一样，用不透明物质覆盖住透明部分，就能恢复这些地方特有的黑暗氛围，适应这里的特定活动。同样，在路易莎女士的蚁巢中，通过精心放置绿色卷帘、木质百叶窗和厚重的窗帘，就能够小心翼翼地阻挡住满口谎言的骗子和扭曲的光线。这里的居民用蓝色眼影和眼药水进行艺术的装饰，外表格外引人注目。与其他孤独而自由的同类不同，她们的眼睛不必忍受白昼无情的对待。那些女人没有适应自己天性的结构，在离开廉价的旅店房间或是寡妇的家时，她们就暴露在致命的白昼之中，就像童话故事一样，她们面对着的是客人们的失望和无情的辱骂，客人们眼看着令他们陶醉的妖艳女郎消失在自己的眼前，转而出现的是一个看起来像是刚从菜市场回来的家庭妇女，或是为了蔬菜价格上涨愁容满面的煮饭婆。在阳光狡诈的活动之中，只有一样东西没有被保护，因为邪恶的力量无法影响那些可能发生蜕变的生物。于是，阳光从内院照射到厨房，给一只猫带来了安慰，这只猫在令人不快甚至可怕的白天，将它的温暖传递到路易莎夫人丰腴的大腿。路易莎夫人地位高贵，很难从事针线活儿或者编毯子的活儿，就像那些参加讲座的女士一样，她们靠辛苦地永不停歇的生活在天堂里赢得一席之地。路易莎夫人更适合抚摸那些被纳进皇宫的高贵动物的皮毛，比如猎犬、羚羊和高雅又难以驯服的猫科动物。因此，她这个唯一能够面对光明的夜间生物，坐在厨房的一个角落里，微微眯着两只像蛙一样的眼睛，用手轻轻抚摸着那只黑猫的背，而黑猫则用它神秘的、洪亮的叫声回应着她。

马蒂亚斯和佩德罗就站在她面前，像是两个正在前往圣地的侍从，请求在城堡里借宿，并承诺会好好取悦宫廷里的贵妇们。他们被带到厨房里，经过一夜的恐惧和沉思之后，他们看起来比女主人更不耐阳光，更虚弱苍白，他们被警告有危险，所以笨拙地试图避免不可避免会发生的事情，借助愚蠢的手段寻求逃避。他们试图逃往另一个熟悉的世界，那里的时间流逝方式不同，概念的界限与日常现实不同，在那个世界里死亡和惩罚都不存在。就像罪犯在犯罪后会回到适应的世界一样，佩德罗不知不觉也走上了同样的道路。就像某些动物的眼睛因为长期不用而退化，永远闭合。同样，由于缺乏适当的训练，道德判断力的能力无法发挥，就像隐藏在前额下面的无形器官一样，永远关闭。通常这样的神秘动物或爬行动物可以逍遥法外地捕食小型猎物，但当它们妄图攻击价值更高的目标时，比如当它们决定袭击银行员工或电车售票员等较小但具有金钱价值的目标时，它们不可避免地会受到报应。这并不仅仅因为它们犯下了相同的罪行，更是因为它们胆敢在光天化日之下犯罪。

马蒂亚斯和佩德罗，这两个同谋者和罪犯，穿过昏暗的走廊和楼梯、闻起来不新鲜的烟草，越过跪在地板上擦拭地面的女人，滑倒在湿漉漉的马赛克地板上，从木地板上嗅到夏天下雨后从干燥的土地上散发出的气味。透过敞开的门，他们可以窥见有教养的妓女每24小时换一次的床单，然后在另一个走廊遇到了这里唯一的男性，一个十日谈式[1]的修道院的助手，他拿着装满食物的篮子，也拖着另一条患病的腿匍匐前行，突然，他们撞上了被光芒照耀的佛像。阳光照进厨房，在尘土飞扬的地方留下明显的微小颗粒的痕迹。路易莎夫人，略微垂下眼皮，看到了他们的到来，依然一动不动地坐着。除了她在夜间工作时的亲切和她对年轻人几乎深情的关心之外，她还拥有其他的特质。马蒂亚斯冲向佛像，用他高尚的双臂全力拥抱着她，尽管他的胃里感到一阵恶心。

"我们来了。女孩们在哪里？"

"还不到时间。"严厉的女主人说道。

"没关系。我们是来和您吃饭的。我们请您吃饭，佩德罗请客。"

信使走了进来，路易莎夫人用手势示意他靠近，她好检查篮子里的东西。为了用另一只手看得更清楚，她把马蒂亚斯推开了。佩德罗站在窗边，有些惊慌，对厨房、灶台、一只黑猫和一个菜篮子的出现感到困惑和惊讶。路易莎夫人并没有站起

1　此处原文使用的形容词decamerónico指的是《十日谈》（*Decameron*）中放荡不羁和充满不敬的故事环境。

来，她掀开篮子的盖子，发出满意的咕哝声。她拿起一个番茄，让阳光猛烈地照在那个小小的红色球体上。她从一边看着番茄，佩德罗从另一边看着。他们从不同的角度看着它。

"这些番茄太熟了，我想要绿一点的。"

"那没关系。我们请客。现在正好点菜，其他姑娘们也一起来吃饭吧。我们整天都会待在这里。"

"还没到时候。"路易莎夫人重申。

但马蒂亚斯已经让信使去买香肠、油浸沙丁鱼罐头、糖浸桃罐头、奶酪和红葡萄酒，并把几张钞票塞到他手中。路易莎夫人无动于衷的眼皮缓缓动了一下，看着门口。然后，她再次摸到了一个番茄。

"好吧，我们会准备沙拉。"

她转身对女仆们说：

"你们拿上锅子下去吃饭吧。"

又接着说：

"把安德莉莎和阿莉西亚叫醒，让她俩马上过来。"

路易莎夫人费力地站了起来，黑猫不得不跳下去。她艰难地挪动着双脚，慢慢地移动到窗前，缓缓而有意识地挡住了阳光的进入，重新成为黑夜的女主人。

*

当温暖而包容的黑暗与新的黄昏恢复了真理和精确在厨房中的主导地位，当事物抛开它们的形状、角度和尺寸的空间不精确性[1]，再次宣告它们象征性存在的本质，当路易莎女士再次呈现出那种充满母性力量的神圣和自信的面貌，邀请那些克服了沉默、带着尊重在她的裙边匍匐不起的人们，恭敬地亲吻那些紫色的丝带、杏色的蕾丝、端庄的粉色吊袜带——而不是她这个年纪该穿的黑色；当她那蛙一般的眼睛能够完全睁开，展开卷曲的眼皮，展现出智慧的瞳孔闪耀的光芒时，猫也回到了它平常的狩猎游戏中，马蒂亚斯意识到是时候坦白了。他心中感到了真正的痛苦，即使在没有任何未来计划的情况下，只是始终坚持将诚实的工艺提升为艺术品的水准[2]，他告诉了蚁后自己这么晚过来的原因，还有那个家庭并不完全陌生的罪行：由于不清楚他们在谋划什么可疑的阴谋，或是由于某个无知的法医的尸检报告，警察正在跟踪着他的朋友。佩德罗面色苍白，浑身微微颤抖，眼睛下深深的黑眼圈清晰可见，经过一夜的无眠和穿梭在街头卖油条的摊贩之中的恐慌之后，他只能靠着一杯变了味的杏仁酒稍微恢复精神，现在他需要的是一顿丰盛的食物，一个避难所，一件温暖的长衫，还有长衫主人的包容和欢迎，给他一个充满母性的拥抱。佩德罗讲述了事情的经过，受害者的年龄，助手的无辜，那个淫乱的父亲设下的陷阱，以

1　在海德格尔的观念中，作为存在的完美不同于感官可感知之物，正如实证主义者所认为的那样；因此，妓院的真正本质只有在黑暗中才能感知，而不是在白天普通的日光下。除了讽刺意味，小说还隐藏着另一个主题，即对性的附加属性的谴责。

2　对忏悔圣礼的三个组成部分的戏仿，包括痛苦的心灵、改过自新的决心和口头的忏悔。

及通过忠诚的中介阿玛多建立起来的商业往来，还有一个难以置信的事实，就是他从未尝过这个女人的味道。最后，佩德罗告诉她，在严重的大出血状态下，他根本无法挽救她的命。路易莎夫人意识到这些犯罪事实，看着这位痛苦的年轻人[1]，他凌乱的头发笼罩在一个金色的光环之中，她似乎在这个暂时居住在她半开放的地狱中的新居民身上看到了一种邪恶的美。她轻轻地伸出一只佩戴着珠宝的手——只有在夜晚才会闪耀出紫色的水晶的光辉——伸向黑色衣袖里那只粗壮有力的手臂，她温柔地握住了佩德罗冰凉的手，先是轻轻抚摸，然后凝视着它，仿佛在欣赏那里所隐藏的力量。佩德罗的手终究有点生涩，不像一个娴熟的外科医生那样灵活，他并不准备追随旅馆里那个老妇人梦寐以求的胜利之路，这种感觉通过他敏感的神经传递到他心里，充满了明显的排斥；而她的另一只手触碰到他敏感的神经，让他的灵魂发出一阵战栗。但他抑制住了想逃离的冲动，任由那只手被抚摸、凝视、享受和舔舐，接受着这个老女人的关注和精心计算的关怀。她已经盘算好如何利用这个男人来纠正由于疏忽或命运使得女工们放弃了她们原本应该遵循的不育计划。但佩德罗还不敢展现自己对这双罪恶之手所拥有的权力，只是满足于暂时享受它们的存在，这种不露痕迹的玩味，就像雇佣杀手抚摸着一把闪亮的手枪，但尚未开始射击。

1　此处是对锡古恩萨大教堂（Catedral de Sigüenza）中马丁·巴斯克·德·阿尔塞（1486年去世）墓碑上著名的哀悼雕像的指涉。雕刻的年轻人躺在那里阅读一本书，其形象成为浪漫主义者眼中的忧郁代表，并催生了拉腊（Mariano José de Larra，1809—1837）创作的小说《"苦命人"堂恩里克的侍从》（1834）。

"我的孩子！"路易莎夫人说道。

佩德罗垂下头，像是要把头靠在那覆盖着裙子的膝盖上一样，仿佛要在一位真正的母亲面前跪下，就像是皮提亚传达的神谕将要降临在他的痛苦之上，让他知道自己唯一的救赎之路在何处[1]。

"你可以在这里待上一阵子，"路易莎夫人说道，"直到一切都解决。"

佩德罗觉得自己正在感激地哭泣，虽然他的嘴里没有发出任何抽泣声，眼睛里没有眼泪，胸膛也没有震动，但奇怪的是他感觉自己停止了呼吸，一动不动地站在房间里，所有的东西——食物、空气、爱、呼吸——都通过橡胶管子注入他的体内。此时，路易莎夫人做出了他期待已久的动作，这个他整夜甚至多年来一直在渴望的举动；她把强壮的手臂环住小伙子的脖子，让他的头落在她的膝盖上，把他拉到她软软的胸脯上，把他的鼻子紧贴着她脖子发皱的皮肤上，这样他就能闻到自从她十五岁开始卖身以来就残存在肌肤上的香水的混合味道，那个时候她在共和国废弃的小屋里[2]展示过自己笨拙的歌喉，当时她是一位市议员的情人，在埃伊斯拉瓦剧院[3]的包厢里把自己的双下巴藏到华丽的银色貂皮大衣下。当时的她对此已经习以为常，她改变了自己香水的香调，开始使用一种能散发出更多花

---

1 皮提亚（Pythia），也被称为德尔斐（Delphi）神谕者，是德尔斐阿波罗神殿的高级女祭司，向所有前来拜访的人传达神谕。

2 指的是表演放荡节目的地方。

3 以查瑞拉歌剧（zarzuela）演出和音乐表演闻名。

香的味道，不那么像从生殖器中弥散出的腐旧的麝香味。

马蒂亚斯笑着扑到了她身上：

"我真嫉妒你们！"马蒂亚斯说着，嘲弄地在她松弛的脸颊上亲了一下，然后继续笑，好像一切都已经解决了，仿佛他只剩下一个空翻、一个从椅子上跳下来的跳跃，来向观众告别，然后就能沉入那个神秘的白昼世界，这个执拗地在马戏篷和音乐的帷幕之外持续存在的世界。

一阵细微的敲门声响起，仿佛是一种提醒或者谦卑的请求；门开了一点，然后与内部相通的小孔也打开了，在灯泡的光照下，路易莎夫人叫来参加宴会的两个昏昏欲睡的姑娘最后小心翼翼地走进来。宴会结束后，佩德罗将会继续成为他们的猎物和人质。这两个姑娘都素面朝天，金色的头发散乱着，露出里面黑色的发根。女人们身上披着精美又艳丽的睡袍，上面印着牡丹花和罂粟花的图案，松垮地垂在腰间；她们大张着又红又大的嘴巴，肆无忌惮地打着哈欠，露出狡黠的舌尖；她们慢慢伸展开手臂，懒洋洋地伸懒腰；她们微微晃动的臀部勉强动了一下，然后坐在厨房的木椅上，微微张开腿，欢快地迎接已经很熟悉的马蒂亚斯和尚不认识的佩德罗。然而，她们意识到属于自己的时刻还没有到来，她们仍然只是慷慨的女主人一时兴起叫来的装饰品，她们还需要等待，等到夜晚赋予她们无可抗拒的力量时，她们才能够恢复真正的尊严。所以她们像学生一样谦虚行事，没有使用形而上学的语言，也没有表现出高傲的姿态，她们用各种俗语和俚语交谈，做着幼稚的扭扭捏捏的动作，就像等待跳出不舒服的外壳的蝶蛹一样，尽管在外壳里她们早已小心翼翼地成形了。

负责地下事务的信使带着食物进来，放到桌子上，似乎没有人注意到他的存在。

路易莎夫人切开面包，表示感谢[1]。而姑娘们却觉得不需要对收到的礼物表示感谢，她们贪婪地伸出手去拿那几块大面包，面包上有主人手指上拿过腊肠的脂油印。姑娘们都在安静地吃着，嘴巴微张，发出轻微的咀嚼声；她们在喝红酒的时候，向后仰着脖子，尽管酒不是装在一个皮革瓶子里，而是被装在了一个蓝色的塑料杯子里。这是路易莎夫人从橱柜里拿出来的，她觉得这样方便把酒平均分配给大家。

"真是好酒啊！"

在经历了一个无比糟糕的夜晚之后，佩德罗狼吞虎咽地吃着。切好的面包下了肚，一股温暖的舒适感在他一度冰冷的身体中蔓延开来。厨房里很热。燃着的炉灶为卧室里的浴缸提供热水。女仆悄无声息地进来，就像之前进来的信使那样，又加了一些煤炭。

"祝你们有个好胃口！请慢慢享用。"她说道。

"你到下面去！"路易莎夫人命令道。

他们喝完酒之后，开始谈论许多天真的事情，或许现在才能真正听到女人们之前所说的天真的事情。"好好吃！""真

1　对圣餐的讽刺，紧接着在下一句中提到了"收到的礼物"。这一场景可以通过圣保罗在《哥林多前书》第12章中的教导来理解。后文中还会提到基督的和平，路易莎吃完食物后"进行了祝福，宣扬和平"。

不错。""再来一点。"直到马蒂亚斯试图把手放在阿莉西亚长袍下光滑的大腿上。"喂,别动手动脚!"

在酒足饭饱并将剩下的酒放进橱柜后,路易莎夫人进行了祝福,宣扬和平。

佩德罗随后前往藏身之处,他无精打采地爬上楼梯,路易莎夫人庄重地宣布房间号码,他进入深度睡眠,尽可能模仿属于夜晚的那种睡眠。

*

阿玛多这个男人嘴唇肥厚,又很强势,但他的妻子偏偏很欣赏他,她欣赏他从他父亲那里延续下来的温柔的阿斯图里亚斯口音,钦佩他在社会中的地位——比商业场所的守夜人要高得多——她觉得她的丈夫非常高大、强壮、有权有势,能够带领她应对生活中的一切不如意,最后能够通过向黄昏葬礼公司[1]分期付款在私人墓地的第三层找到一个特别的安息之地。阿玛多天生慷慨。他可以毫不吝惜地将自己的时间奉献给研究所里任何一个认真的研究员,也会毫无预兆地给他心爱的妻子买一个咖啡色的塑料袋作为惊喜。但他也会掐一下一个打扫研究所地板的女孩的屁股,或是和一个来自遥远的西北地区的女仆出去玩儿,然后在做了不光彩的事情之后,却能轻而易举地让妻子忘记他的晚归。他身上有凯尔特人的聪明谨慎,还有阿斯

1　黄昏葬礼公司（El Ocaso）在故事所发生的年代极受大众欢迎。

图里亚斯人的勇猛粗犷，虽然他出生在马德里，但他遗传下来的特质让他能够在原住民群体中获得优势。他已故的高大的父亲，通过北方的血液传给他一份对生活的热爱，一种大笑的能力，一种豪饮的能力，这种特质并没有被他那托莱多母亲干燥的子宫所削弱。因此，当他在遥远的公寓里相对舒适的房间漫步时，突然感到的沮丧更加引人注目，而他在那个位于得土安的公寓里已经住了好几年了。

"你怎么了？"他的妻子问道，她没有孩子但是仍旧欲望强烈。

"可怜的堂佩德罗，可怜的堂佩德罗。"阿玛多对着他的披风自言自语，他没有对妻子表达出这样的思绪，只是轻轻耸了耸肩回答她。尽管只是随便一个举动，但又夹杂着某种情感。

他提高了音量，大声说：

"我们去广场[1]喝一杯吧。"

"不了，你自己去吧！"他心爱的人笑着说。

在广场上，阳光照在电车、两三辆出租车和衣着破旧的人群身上。阿玛多小心翼翼地走了过来，一脸疲惫，呼哧呼哧地喘着粗气，因为他太胖了，但他脸上却一直挂着微笑。他看着那些小小的折叠木椅和已经褪色的简陋的桌子，上面既没有塑料桌布也没有沁扎诺[2]烟灰缸。从一辆刚停下来的43路有轨电车

1　指的是马德里的四大街（Cuatro Caminos）广场。

2　沁扎诺是一家意大利的名酒品牌，以制造苦艾酒和开胃酒而闻名。该品牌也生产并销售一系列酒具和配件，包括烟灰缸。

上下来一群穿着蓝色和深棕色工装的工人，手里拿着他们用黄色或绿色格子手帕包着的空饭盒，走向附近的小巷。他们是建筑工人、电工或水暖工，住在家族传下来的小房子里。他们当中也有一些外人，仍然准备继续支付租金或住在寄宿公寓里。

"可怜的堂佩德罗。"这个念头一直在阿玛多的脑海中回荡着，他的良心有些不安。他不断重复着那个不经意又温柔的肩膀的动作，却没有意识到他的妻子将再也看不到他了。

"就是他。"一个小男孩站在阿玛多面前指着他说，这个小男孩正是他的邻居。

"就是他。警察。"

和孩子在一起的那个年轻人穿着很得体，当他走近时给人的感觉非常和蔼可亲，但无法打消阿玛多的疑虑。

"我是佩德罗的朋友，"年轻人说，仿佛用这个简单的谎言就可以平息他的疑虑，打开他像牡蛎一样紧闭的嘴，"我们得去帮他。他现在遇到了麻烦，是他让我来找您的。"

"您说的是哪个佩德罗？"阿玛多抗议道。

但马蒂亚斯已经开始向他解释这一切：虚假的责任、虚假堕胎的原因以及鬼脸背叛了谁或者是谁背叛了他，因为佩德罗永远不会相信，永远不会相信，阿玛多自己竟然是那个……

"我什么都不知道。"阿玛多说，他相信只有警察才可能知道这么多。

"他藏起来了，我把他藏起来了。他等着你过去，等着阿玛多过去，把一切都澄清。他告诉我阿玛多可以为事情的真相做证，以及为什么那个女孩死了。你必须和我一起去警察局，把所有事情都说清楚……"

"我？"阿玛多感到背脊发凉，"我能说什么？我只是个无名小卒，什么都不知道，您是想把我搅进去？"

"请吧！"

"我？您觉得我能做什么？"

"跟我走！"

"我？"

*

松毛虫是一种有着金黄色毛发和柔软外观的小虫子，然而，当它被触摸时，就会像荨麻一样刺痛皮肤，身上也会起疙瘩，如果自然学家不小心用手指接触了他好奇的眼睛，甚至可能引起眼睑肿胀。每个小虫子，表面上看似是盲目的，但都会在行进中分泌出一股闪光的透明物质。它的下一个同伴会跟随在后面，将这根线穿过它微小的脚，并用自己的唾液增加其厚度。随后的每只虫子都会这样做，盲目的群体中的每一只都会跟随那个偶然成为领队的引路者。尽管它们看不到，但这些毛虫最终会到达目的地，在寒冷的夜晚，它们会在巢穴中互相取暖。同样地，昆虫学家在观察这支由马蒂亚斯、阿玛多、弹壳和西米利亚诺组成的队伍时也会发现同样的乐趣，他们沿着城市行进，靠着一根线引导着，每一个人后面的线都在变化，但方向始终不变。

"应该更严惩那些躲起来的人。法官们不知道，或者不愿知道，我们这些基层警员需要付出多少努力，还有我们面临的危险，或者被置于的危险境地。现在您要做的就是保持沉默，什么也别说，也不要担心半夜自己的身体扛不住，即使这身体不是铁打的也要装成坚强不屈，尽管实际上并非如此，我真不知道自己是如何承受下来的，也不明白为什么不干脆干到退休领养老金。但是当我在工作的时候，我的体力就会变差。就像是收缩了自己，可以走来走去而不会感到疲倦。甚至连我这么一直胆小的人也不再感到害怕了。"

"他以为他能吓到我。不可能，我不怕他。"

"可怜的佩德罗可能躲在某个地洞里。但我显然不会相信他想见我，如果他的朋友把他藏在自己家里，那他就得小心了。我们会去看看碰不碰得上他，一次性搞清到底是怎么回事。一切都是因为我们没有一份证明文件。"

"我觉得这事不会有什么结果，但他让我跟他走，他什么都不知道，他会带我们去。他从来没在习俗部门工作过，不了解情况。[1]他总是和犯事儿的人在一起，比如之前的刀伤案和抢劫。但我不认为这事和他有关，因为这事跟钱没关系。酒馆的证人说他整夜都在那里盯着，但他认为是因为嫉妒。他很喜欢

1　警察指的是有时被称为"道德与公序良俗"的部门，在某些情况下负责监管妓女卫生事务，该机构隶属于市政府。此部门创建于1877年，于1949年停止运作。

那个女孩，现在他随身带着一把刀四处游荡。我敢打赌，他随身带着一把折叠匕首，就放在口袋里，寻找那个背叛他的人。肯定是同一个医生。不然的话，医生为什么要去那里？那些人根本掏不出十五比塞塔，没钱付医疗费。这根本就说不通。但我的工作不是琢磨这些，而是跟着他，他跑起来的方式很奇怪。他是跳着走的，也许他已经发现我在跟踪他了。"

"他别想蒙我。他会为此付出代价的。他恐怕还不知道自己和谁在打交道。"

"他是个友善的人，唯一喜欢的就是用显微镜观察老鼠。这也是他唯一的缺点。他还喜欢在老鼠的肠子里挖那些肿块。我不知道他为什么要卷进这件事。而且他根本不知道要怎么做。他显然是第一次做这种事。要是我自己，就能处理好，但那个可怜的家伙一直在用小勺子去刮，没有给她量脉搏，没有求助，也没有马上输血。"

"幸运助勇者，坚持是恶魔。"[1]

"他现在正在接近我，而且还在继续。我再吃片药。虽然他们说鸦片不好，是毒品，会让人上瘾。但要是没有吗啡提取物，我得是个什么德行？你只需要看看它是怎么让我平静下来的就行了。他们应该把我转移到暖和点儿的地方，马拉加或者阿利坎特……问题是那间公寓。我不能把妻子留在这里，然后

1　原文为拉丁语：Fortuna audentes juvat, pero perseverare diabolicum. 原文的前三个词取自维吉尔著名的一句诗（《埃涅阿斯纪》第10卷，第284行），其余部分似乎是作者个人创造的混合的语言表达。

自己去寄宿。我可以卖掉房子，让妻子在阿利坎特另买一套。这样还能赚钱……现在他要上电车了。他上车了！现在我得开始跑了，肚子咕噜噜叫个不停。我得跑起来了，他倒是能休息了。最隐蔽的方式就是跟在电车后面跑，没人能猜到你是谁。"

"他以为他上了电车就能蒙我。想蒙我，就凭他这个废物。我真不知道怎么还没有把匕首刺进他的身体里。"

"这才是存在！这事让存在变得丰富起来。危急的处境，深渊的边缘，关键的抉择，第一次初体验。瞬间！存在的计划开始改变。选择。自由的化身。死啊！你得胜的权势在哪里。缪斯歌唱阿喀琉斯的愤怒。[1]"

"都是他干的好事。就在我眼皮底下。我一直都怕鬼脸。真是自找麻烦。"

"所以你是喜欢那种勾当，可怜虫。你喜欢玩这种勾当。原始的玷污。重建的贞洁。享受这个旋涡吧，嘲笑那些跟老妓女上床的人吧！"

"这一切都是因为老鼠。看他对贫民窟那么感兴趣我就觉得很可疑。每个人都有自己的位置，要符合自己的阶层。他不应该去那里。他甚至对此感到无比兴奋：这就是棚屋，阿玛多？他们本质上都是稚嫩的孩子，自认为是男人的孩子。"

"如果我去阿利坎特，就拿不到马德里的津贴和房租补贴了，而且那儿几乎没什么生活津贴可拿，在阿利坎特能有什么

1　"死啊……"出自圣保罗的《哥林多前书》第15章第55节，"缪斯……"出自荷马的《伊利亚特》第1卷第1行。

事需要人们拿津贴？我都能想象到，自己不得不放弃假期，为的就是在下午找份差事做。但是劳拉无法忍受，她当然无法忍受。如果在这个没人知道那件事的地方她都感到羞耻，那在阿利坎特那个人人都知道那件事的地方，她怎么可能忍受得了？要是我能享受那儿的好天气就好了，阳光整天都照在我身上，就像唯一了解我的医生说的那样，我的胃痛和胀气肯定会消失。我自己觉得这不过就是胀气，而且我还记得母亲说过：用猫就能盖住胀气。但她在乡下，可以坐在炉火前面的矮椅子上，做着编织的手工活儿，猫就趴在她腿上。但我怎么可能？跟着一个陌生人上了有轨电车，还让猫趴在我身上。我最好还是进去。我没法站在站台上，但我要是进去了，他就会看见我。真是个技术错误。他不认识我，但能感受到我的气息。我真是一点儿战斗力都没有，'最没战斗力的人'，就像警官说的：'西米利亚诺，你得学会伪装自己。看看你这副模样。一看就像是个警察。'但我没有靠能力升职的机会。资历，资历，得坚持住。你在马德里有份工作，这已经是幸运了。那个家伙好像要下车了。"

"天上的光在夜里指引着他。他肯定还躺在床上。就像生病了一样。他可能碰过她，也可能没碰过。也许他根本没碰过她。但我觉得他肯定碰过她。他一定会扑到她怀里。他需要保护。重新回到充满母性的双乳之间。企图重新夺回原始的子宫。追求胚胎形成前的灭绝。这家伙总是在做一样的事。（内心的笑声）这就是他的命运。"

"我跟他说了，我说：他肯定会很高兴。但我没想到他会这么高兴。那个鬼脸是个恶棍。他们把我搞得一团糟。都是因为他们一家子睡在一张床上，这很不健康，先生。我把他赶出去是对的，我不想把房子再租给他了。你没有孩子。我告诉他：就是因为这个，为了不要有孩子。听上去简直难以置信，但这不是第一次了。现在已经真相大白了。可怜的佩德罗与此事无关，但现在没人敢伸出援手。但凡出点事情，人们就会起诉你。"

"他一定会说：对不起，小姐，我知道现在不是时候，但是路易莎夫人坚持要见你。"

"我能理解医生会为公爵夫人或者做黑市买卖的人的女儿堕胎，但从没听说过医生会在贫民窟里给人堕胎，真是闻所未闻。他真是不能再低贱了。"

"他走得真快。他看起来跟他的朋友很像，如果他是他的朋友的话。我们坐上有轨电车之后，情况好多了。现在他打算在圣贝尔纳多的书店[1]停一下。好像他知道我对书感兴趣似的。要是他根本不打算去找他，那一切就都是谎言！好吧，我再跟他一会儿，但我不知道为什么要插手与我无关的事情。"

"看来那个胖子好像对他很恭维。我闻到了条子的味道。"

"还有那个寄宿公寓里的甜心小姐呢？她爱上他了。那个蓬头垢面、歇斯底里、怒不可遏的女人，要怎么去告诉她？没有什么比女人更适合处理这种极度紧急的情况了。佩德罗！佩

1　位于圣贝尔纳多坡路上，穿过格兰大道并终止于圣多明我广场，卖古书的摊贩在那里摆摊。

德罗！你做了什么？佩德罗，他们为什么要抓你？告诉我这不是真的，佩德罗！告诉我这不是真的！没有一句谴责的话，没有一句厌恶的话。这就是女性的包容和共情，对不幸的男性的消化。敢于进入女性身体的肉体，如何能在交媾之后完整无缺地存在？有牙齿的阴道，情感上的阉割，占有欲的削弱，我的，我的，我的，你是我的，谁敢把他从我身边带走？啊……但是她真漂亮，是个小甜心。"

"他们不能耍我，我会坐牢的。但是没有人敢这么对我。敢这么做的人还没出生呢。"

"劳拉立马就有所察觉。你刚刚去提供服务了。我受不了，我的眼睛都凹陷进去了，花了三天时间才恢复过来。我得再吃一片药，幸好我会不喝水吞药，不像那些会噎着的人。可能是他们的喉咙萎缩了。现在我头又疼起来了。我必须说服她，在阿利坎特享受太阳照在身上。"

"真是个漂亮的女人。我几乎和公寓里的那个人一样喜欢她。她走路的样子真好看。我们可以让她们做任何事情，甚至成为知识分子，去听讲座。我的母亲年轻的时候也是这样吗？是的，她应该是这样，但她决不会像她那样走路。我的母亲可能也和她一样漂亮，但是更清秀，她有纤细的鼻子，纤细的脚踝，纤细的手腕……我在想我的母亲！俄狄浦斯，我的儿子，还有你[1]。什么时候你才能摆脱童年情结？什么时候你才会放弃你所追求的东西，去追求那些未婚的年轻姑娘？而不是那些你

1　此处引用尤利乌斯·恺撒被自己的养子布鲁图刺杀后说的最后一句话。

觉得经验丰富、更优越的女人。那实际上不过是你贫乏的胚胎内的倒退情结，而你可怜的朋友正在经历，并且只有在克吕泰涅斯特拉[1]被抛弃的灵魂裹在她的面纱里消失的时候，你才会感到满足。最后，你看到的，只有纯洁的夏娃，没有经历过分娩，只是被控制而不再被拥有。"

"好在他现在一直向前走，不再分心，似乎知道自己要去哪里。多么了不起的女人，我的母亲！他们推荐我靠这样的女人来治风湿病。"

"我现在甚至不会因为她停下来：真是个美人！光凭你的容貌就值得我们去一起野餐！"

"他回头的时候可能看到我了。又是个技术错误。我得拉开跟他的距离。幸好我不起眼。但我无法专心工作。头又开始疼了，这可不是好兆头。"

"他是如何让她爱上他的？他可不是主动的人，一定是她自己谋划了这场猎取。但她被迷住了。好一个莎拉·伯恩哈特[2]！好一出戏。我爱你，我吞噬你，我把尖牙扎入你最柔嫩的内脏。而我是这场私人演出中坐在前排特殊位置的有特权的观众。她没有注意到家族府邸亚洲风格的庄严豪华，也没有被珍

1　希腊神话中阿伽门农的妻子，她为了给被丈夫献祭的女儿伊菲格尼亚报仇，杀死了丈夫，后来他们的儿子俄瑞斯忒斯为了给父亲报仇，又杀死了母亲。——译者注

2　莎拉·伯恩哈特（Sarah Bernhardt，1844—1923），法国演员、作家、画家、雕塑家，最早的世界级女星之一，私生活混乱，情人众多。马蒂亚斯在此强调女演员的戏剧性，她在普鲁斯特的作品中多次被提及。

贵的窗帘所束缚，她用自己的才华演绎着自己的角色，仿佛所有这一切都只是幕布和抽象的布景。那个傻瓜配不上她，也无法理解她。多亏我在场。否则这场演出将失去意义。她仿佛悲剧的化身一样进场，有如神助。她的一个举动就决定了命运。爱情、愤怒、惊慌的恐怖、焦虑的绝望、悲哀之情。而我：我会把他藏起来，不要担心。我被文学所吸引，被这旋涡卷走。因为他所需要做的就是投降：去做证。这么无聊地躲起来有什么意义？我们必须站在她的高度来处理这件事。她永远不会理解我们为什么没有叫出租车，把她爱的人送进监狱。她会怎么想？女人们总是深藏不露。"

"我只想知道能否为他做点什么，只要我不受牵连。我什么也没做。这一切都是他干的。我不知道他想让我说什么。那个女孩身上发生的事只是倒了霉运。这事要由鬼脸来负责，但如果他不想负责，我又怎么能承担一个家庭的责任。最好的办法就是他去美国，在那里，他可以真正地做研究，找到他一直在寻找的东西，因为那些该死的老鼠就是从那里被带来的。让他走吧，让他申请奖学金，让我们继续在我们自己的肮脏里腐烂下去。就这样吧。"

*

即使对像西米利亚诺这样缺乏热情的警察来说，逮捕也是一件很简单的事。阿玛多还没来得及进入那间房子，就因为他出于保护性的防御本能停下了。而弹壳则顶着风险冲了进去。

虽然这会儿不是最忙的时候，但已经有一些像流星一样散落于走廊、在楼梯间徘徊游荡的潜在顾客，当他们经过的时候，这些人低声咕哝着，避开目光的交会。马蒂亚斯正在私人房间里和路易莎夫人解释发生了什么事：他无法说服证人去做证，现在最好的办法是等他的一个朋友过来，一个聪明的律师朋友，他是个慷慨的热心肠，不会拒绝帮助。马蒂亚斯完全没有注意到走廊里高跟鞋的哒哒声。这次还没到深夜，他喝得没那么醉，只感到困惑，想尽快了解这一切的结局。一位脸色苍白的仆人打开了门，西米利亚诺先生高大的身躯昂首挺入，左手拿着仿佛安全通行证或是魔法钥匙一般的警察证件。

"他在楼上，"路易莎夫人毫不犹豫地说，"但我什么都不知道。真尴尬啊。"

"我们应该考虑到这一点，"警察环顾四周和蔼地说，"要找的话，我们恐怕是到了再合适不过的地方了。"

"我们不干那事，"老妇人有些愠怒，"这是个体面的房子，是合法的。"

但西米利亚诺不想争论。他俯身向路易莎夫人询问了秘密场所的地址，那是药丸都无法保护他的地方。他很清楚这种地方有多危险，以及各种致病的微生物如何在其中异常密集地繁殖。但他高度的敬业精神阻止了他去寻找更遥远的出口。他不能留给他的猎物更多机会，虽然此刻他可能被催眠了，正躺在一个荡妇的怀抱里，但他随时可能清醒过来，继续在外面进行毁灭性的活动，结果就是四处留种，留下一堆不合时宜的孕妇。

"小心！"他说，他抬起食指，意味深长地摇了摇头，然后消失在危险又狭小的空间里。女监狱长回应道：

"不用担心！"在其他场合，她也用同样的声音向一个客户保证过一定会有一位金发碧眼的丰满女郎出现。

"我去通知他。"马蒂亚斯转身说道。

但老妇人抓住了他的胳膊，笑着捏了捏他的脸颊：

"你马上离开这里，孩子。让我来处理，去找律师来！难道你看不出你已经身处危险之中了吗？根本没必要。"

警察成功地避免了任何可疑的接触，满足地坐在蹲下的位置，对自己的执法能力扬扬得意。他跟着路易莎夫人来到了楼上。

"不是我把他藏起来的，"她边上楼边解释说，"您知道，要是他们待的时间比较长，我就会让他们上楼。"

"是，是，我明白。"西米利亚诺肯定道。

"真尴尬！我的天啊！您永远都不知道什么人会闯进这家里。他们都是一帮混蛋。但事实就是这样，实在让人头疼！"

"是的，夫人。"

佩德罗确实和一位女士在卧室里，这是他得到帮助的必要条件。那位女士很无聊，带着敬佩和怀疑的神情望着这个年轻人。他已经穿好衣服，躺在一条蓝色丝绸般的带着人造花卉图案的床罩上。床罩的下半部分因为连续几个月的脚踩摩擦已经有些褪色。但同一天更换的枕套却白得出奇。床头柜上亮着一盏粉红色的小灯。按下按钮，它就会变成白光。但是，所有客人和专业人士都更喜欢粉色的光线，因为它在人们柔软的内心深处激发出一种浪漫感伤的情绪，让人无法抵抗它散发出的那一点点诗意。粉色的灯光不仅能遮住鼻子上的黑头和眼角的皱纹，还能用模糊的光线柔化身体裸露的曲线，让身体不再只是视觉上的对象，而是更添触感，可以更轻松地与内在的原型相重叠，而这个内在的原型正是灵魂不知疲倦地寻求认同的对象。房间角落里那些闪闪发光的瓷器，提醒着人们它们的卫生功效，但在玫瑰色的光线下，它们看起来像是蜷缩在一起的小小的家庭宠物，有时甚至在水管里的水流哗哗作响时，它们会发出呼噜呼噜的鼾声，仿佛是沉睡的生命发出的呢喃。那股清凉的水汽让人忘记了地板上的尘土，那里铺着一块布满花纹和装饰的橡胶布。墙壁和天花板上平庸的画作也是如此，曾经在彩色照片上看到过庞贝模型的某位不知名的装潢师，自认为那些拙劣的复制品很适合这个新开业的妓院。在与床相同的高度，一面长长的镜子水平地固定在墙上，虽然生锈的表面布满褐色斑点，但却是一流客房最后的精致感：在粉色的光线下，镜子只能微弱地反射出身体阴暗的轮廓，那是想象中的身体，非常模糊，甚至已经变成了一个不具名且仁慈、隐藏在一个水银梦境中的影子，仿佛它正从那里偷窥着那对永远失望的男女，并送上毫无意义的祝福。事实上，穿着一套完整的橡胶紧身衣，手指套着厚厚的手术手套，鼻子和嘴巴的孔道用层层亲水棉堵住，眼睛和整个脸部用1918年[1]残留下来的面具遮盖，这些身体从未触碰过，目光也从未相遇过，在彼此的陌生中保持着对黑暗中的亲密关系的无知，这一切装束的唯一作用就是

1　指的是西班牙部队在内战期间购买的第一次世界大战中使用的毒气面具。

通过一声突如其来的铃声，再次确认同样的事实。他们彼此互不认识，都是目瞪口呆的样子，男人穿着普通，女人赤裸着身体，用无情的冷漠保护着自己，摆出一副无聊的姿态，谈论着人们不得不日复一日谈论的事情：今天天气如何，你有多漂亮，你的眼睛有多漂亮，物价越来越贵；我非常喜欢亨弗莱·鲍嘉[1]；变天的时候，我小时候摔断的这条腿总是会疼。

"出来吧，离开那儿。警察。"西米利亚诺礼貌地说着，没有露面。

受到惊吓的女孩披上了盛开的牡丹花浴袍，惊恐地望着躺在床上的男人，仿佛他变成了一只威胁人身的蝎子。她后退到房间的另一头，蹲在浴缸那边发出没完没了的哀鸣。佩德罗起初一动不动，然后似乎从沉睡中醒来，伸了个懒腰，鼓足了力气准备行动。突然，他急促地坐在床上，双肘支在膝盖上，目不转睛地盯着门。

"来吧，只是几个问题而已。"警察一直带着人性化和安抚的口吻一遍遍说着，"别害怕。"

尽管没有任何迹象表明佩德罗有暴力倾向，警察还是友好并且很专业地坚持说道："不要惊慌，不要试图反抗。相信我，我是为你着想。"

就像牙医把钻头插进牙齿中间时说的"别乱动"。

1　亨弗莱·鲍嘉（Humphrey Bogart，1899—1957），美国男演员，凭《卡萨布兰卡》奠定影坛地位，美国电影学会"百年来最伟大男演员"排名第一。——译者注

西米利亚诺先生非常友善，他很友好并且微妙地履行着自己的职责，甚至当他挽着佩德罗的胳膊走出来的时候，除了那种一脸满足的羞红之外，进来的人都没从佩德罗的脸上看出其他任何异样。当警察在客厅的一个角落看见弹壳蓬头垢面地注视着整个逮捕过程的时候，心想"应该把他也抓起来"，弹壳那张充满憎恨的脸深深刻在他的记忆中。

*

在下楼的路上，佩德罗在经过的每一个栅栏、铁栏杆和门闩上都看到有一个灰色的侏儒[1]，当他经过的时候，这些门便可通行，仿佛它们不是由生锈的铁制成，而是一种具有可塑性并且可以变形的柔韧物质。

与此同时，西米利亚诺跟他要了一些针对他的痛苦病症的处方，其他看起来友善并且及时出现的人问了他姓名、姓氏、婚姻状况、职业和住址，那些在办公室里忙碌的人表现出最平常的自然状态，但这些都不足以让受害者的不安消失，无论是出于疲劳、困倦还是无聊。此后，佩德罗完全清醒地坐在一把转椅上，一些员工走近他，看着他，好像在心里说，"就是他"，然后收起一张明显没用的纸走了，或是漫不经心地敲着房间里的打字机。那里有很多台。所有这一切都通向一条普通

1　指的是卫兵，他们是地下世界的侏儒精灵（灰色是西班牙武装警察的制服颜色），是现今国家警察部队的前身。

的走廊，警察、囚犯和办公室的工作人员，还有穿着白外套偶尔出现在这里的侍者，在这里来往穿梭。落在任何伸手就能触碰到的物体上的灰尘颗粒，让他们的手指变得粗糙发黄。也许原因并不是尘土，但灰尘的存在就像其他看不见的物体一样，总让人觉得可疑，特别是在这样的地方它似乎拥有绝对统治的恐惧感；除了法官和其他制造焦虑的统治者，这里还住着一种留着巨大胡须的绿色生物，这个种族尚未被人类分类。如果仔细观察他们的面庞，就会发现，他们的脸上反射出那个佩德罗会对其俯首弯腰的绝对的王国，就像他在镜子前鞠躬一样，反映出他所经历的变形过程，而他对此还毫无觉察。因此，佩德罗感到双腿后侧有轻微的疲劳，下眼睑紧绷，两边眼睑中持续瘙痒，舌头上干燥的表面完全没有饥饿感，反而像一个陌生物体突然在嘴里收缩。他连最简单的问题都听不懂，生发出一种强烈想和每个人交好的愿望，同时又意识到自己的腋下和脚上有黏糊糊的污垢，这不是因为他没有洗澡，而是由于从未排出的新淌下的汗味。他的目光不安地快速扫视了所有——绝对意义上的所有——员工的脸，徒劳地想从中寻找到一丝同情。他的鞋子似乎突然变得很紧，脚失去了所有的运动能力，不再随腿部肌肉而移动，而是由那些精通这些通道的计算机释放的磁力所驱动。衬衫的领子也收缩了，他既不能呼吸天然的空气，也无法吞咽完成食物的传输。他的脖子仅仅作为精确循环运动的支点，用最高的频率捕捉周围人脸上表露出的同情。他的腰椎沿着脊柱的震颤变得僵硬，这些都只是内心恐惧的内在症状，扭曲了他所看到的那些人的面容，每个人都可能因为公开

中放置的灯泡完成的。因此，灯光同时照亮了牢房和狭窄的走廊。走廊的布局是这样的，没有牢房是正对着走廊的，走廊上只有一堵光滑的墙。在这堵墙和牢房的门之间有40厘米的空间供看守们巡视。与花岗岩墙壁的巨大厚度和奇特的迷宫结构形成鲜明对比的是，每扇单独的房门上的都不是坚固的锁，而是用的类似锁鸡笼的廉价铁栓。囚犯把脸贴在铁条上就能看到外面的门闩，但如果没有适合操作的工具，比如铁丝、绳子或者木片，就够不着门闩。但牢房里没有任何可以制作这些东西的原料。窗户上没有玻璃，这样既可以确保牢房通风，也好让看守能点根囚犯可能随身带进这个临时住所的香烟。

灯光常亮，白天和黑夜都不会熄灭。

牢房内除了空气、囚犯、粉刷墙壁的石灰、墙上的涂鸦和一张床之外，没有任何东西。这张床建得十分坚固，哪怕是古希腊、罗马的摔跤冠军或是从"胖子俱乐部"逃出来的骗子财务主管的重量也能承受得住。制造这种标准床背后的基本思想值得详细研究。它成功地实现了一种床的类型，排除了任何松动甚至坍塌的可能性，也排除了由于囚犯不协调的动作可能产生的刺耳声音。此外，在床的间隙，寄生虫根本无法寄生或繁殖。它坚固的结构极大地降低了可以用来制作投掷物或撬锁工具的可能性。这张安静的、不会变形、不会燃烧、无法搬动、防火、抗震、防水的床下面，永远没人能藏身，也永远不会被顽固不化的囚犯当作暗算的工具扔向狱吏。它完全用石头做成，最后用细心打磨的水泥层做了处理和装饰，就像豪华酒店的女服务员每天整理床罩一样精细，如此一来，实现了建筑与艺术的完美和谐。出于人道主义精神，为了给"住客"的躯体提供尽可能舒适的休息，"枕头"也是用水泥制成的，与床的其余部分融为一体，高度为6到8厘米，经过精密计算，符合完美睡眠的生理性需要。另一个优点是，床与牢房的墙壁和地板完美结合在一起，没有任何缝隙可以用来传递密码信息、新教圣经、色情照片或氰化物胶囊。不仅如此，水泥的坚固、厚重和结构（一旦不再将它视为灰色床铺，而是被视为一个可居住的景观或地理景观），为希望进行各类运动的人提供了坚实的支撑和锻炼场所，比如呼吸运动、瑜伽、想象中的高尔夫挥杆、佯装的癫痫发作、跳入深渊并重新攀登山峰。实际上，当囚犯站在床上时，视角会发生明显的变化。上层区域的空气无疑更加纯净，墙上的涂鸦更少，透过窗户可以看到看守的脚，而不是他壮硕的肩膀。在更远的视角可以看到牢房地板上的一些面包屑、油脂残留物或有毒香烟的烟蒂。就连枕头也变成了格列佛在人类世界里踏足过的小山丘[1]。

床的另一个可能的用途就是坐在那里，凝视着小窗户，在窗户之外凝视着赤裸的墙壁，在墙壁之外凝视着有序的外部世界。现在稍微斜视向过道更高的区域，就可以看到步伐有规律但不优雅的看守的脸，无须他弯腰，就可以看到他的眼睛、鼻子、嘴巴，甚至是额头。

床的第三种可能的用途就是平躺或睡觉，即使在最不利的情况下，这一功能也绝对不会消失。

1　指的是乔纳森·斯威夫特（Jonathan Swift，1667—1745）的《格列佛游记》（1726）中的主人公。

尽管在最初的几个小时里，人们可能会认为那些混乱的走廊里充满了寂静，但这种印象是错误的，错觉的出现是因为缺乏显著的听觉信号以及起初对噪音和响声的重视程度不高，然而，这些噪音和响声确实存在。对此，我们可以进行快速盘查。首先是水声，水不断流动是因为厕所和洗手池漏水。然后是我们可以称之为外部声音的回声和凹面的共鸣：盲人卖彩票的哀叹，卖报纸的女人的大声叫喊，以及远处汽车喇叭低沉的声音。其他声音则是内部声音，并且更有趣。最常听到的是下了班的看守们在迷宫的中央院子里整天整夜打牌时发出的声音，最令人惊讶的是地下幼儿园里孩子们的笑声和玩耍的声音，他们是关押在普通牢房的女囚们的孩子。这些孩子只在有限的空间内奔跑、喊叫和大笑，但他们的声音却传到了最深处的牢房里。最后，人们经常会听到某个囚犯的名字，他们正在被传唤审问、移交或者释放。等待演变成了共振的原料，以至于每个囚犯在倾听时都认为自己的名字会从几米外的代表最高权力的仆人的口中被喊出来。

　　夜晚来临时，每个囚犯都会得到一条棕色的毯子。第二天早上，犯人会按照正确的折痕把它折好，毯子会被收回。这些小事，还有吃饭和上厕所等最琐碎的事情赋予了时间类似日历的形式，要不然，这里就只剩下一致的痛苦焦虑和对神学美德[1]的坚持了。

1　即基督教教义中的神学三德"信、望、爱"。

　　宿命般的命运。顺从。无论需要多长时间，都要保持安静。不要移动。学会凝视墙上的一个点，慢慢地集中注意力，进入一种无思维的空虚状态。自发地放松。瑜伽。平躺静止。用手轻轻触摸墙壁。放松。掌控焦虑。慢慢思考。知道没有什么严重的事情发生，只需静静等待，没有什么严重的事情会发生，等这个结通过当初它纠缠在一起的方式被解开。保持冷静。感受平静。学会在孤独中寻求庇护，在墙壁的保护中寻求庇护。完全静止，事情还不算太糟。为什么要去想？唯一要做的就是保持冷静。不要去想任何事情。学着像是自己想要保持冷静一样，自己想要藏在这里，仿佛这是一场游戏。我必须安静地待在这里，只要保持静止，什么都不会发生。我不能为自己做任何事情。我不能做任何事情，所以我也不能犯任何错误。我不能做出任何错误的决定。我不能做错任何事情。我不会犯错。我不会伤害自己。在内心深处保持平静。现在已经没有什么可发生的了。我无法影响任何可能发生的事情。我会一直在这里，直到他们决定放我出去，我对此无能为力。

　　为什么是我？

　　不要想。没有必要去想已经发生的事情。总是回顾自己犯过的错误是无用的。所有人都犯错。所有人都会犯错。所有人都会通过一条或复杂或简单的道路寻找自己的毁灭。把墙上的污渍画成美人鱼，让墙壁看起来像一条美人鱼。它的头发披在肩上。我可以用掉在地上的鞋带上的一个小铁片刮墙，按照污渍的形状慢慢勾勒出我想要的样子。我一直都不擅长画画。它有一条像小鱼一般的短尾巴，它不是普通的美人鱼。如果我躺在这里，美人鱼就会看着我。你是对的，你都是对的。什么事也不会有，因为你什么也没做。你不会有事的。他们必须意识到你什么也没做。很明显你什么也没做。

　　为什么那晚你要喝那么多？为什么你要在喝醉的时候，在彻底醉了的情况下那么做？酒后严禁开车，但是你，你……不要想。你在这里没事。一切都无关紧要；在这里你很平静，慢慢平静下来。这是一次冒险。你的经历又丰富了。现在你知道得比以前更多。你会比以前知道得更多，你会知道别人的感受，知道那个地方的感觉，你知道那里有其他人，而以前这一切你都无法想象。你在丰富你的经验。你对自己和自己的能力有了更好的认识。如果你真的是一个懦夫，如果你感到恐惧，如果你害怕。恐惧是什么？人在恐惧之后，在恐惧之下，在恐惧边界的另一边会变成什么样？你仍然能够平静地生活，平静地待在这里。如果你能在这里平静地待着，这就不算失败。你战胜了恐惧。不受干扰的人，依旧不受干扰的人，完整的人，可以说他取得了胜利，尽管所有人都认为他胆怯，认为他是一堆废物，一团破布。但如果他保持基本的自由，就能够选择发生在他身上的事情，掌控将要发生在他身上的事情，决定什么会摧毁他。他会说：是的，这是我自己想的；是的，我想要待在这里；是的，我想待在这里，因为正在发生的事情是我自己想要它发生的，这是我的愿望，我就希望是这样的。"一切快乐要求什么？要求深深的、深深的永恒。"[1]

你没有杀她。她已经死了。她没有死。你杀了她。为什么你说的是你？是我。

不要想。不要想。不要想。发生的事情已经都发生了。不要想。不要想太多。冷静。把头靠在这儿。这样就没事了，躺在这里就没事了，不要想，可以闭上眼睛，或者睁开眼睛。都一样。如果你睁开眼睛，就可以看到小美人鱼。你可以用他们忘记拿走的鞋带上的小铁片，在墙上慢慢刮出一道白痕。慢慢地刮，你有充足的时间。一点一点地刮，铁片划过墙壁时会发出令人不悦、让你觉得膈应又刺耳的声音，它来自褐色鞋带上被某台机器压弯的小铁片，划在墙壁上，逐渐形成一个半人形的图案，陪伴着你，因为她渐渐有了表情，逐渐成形，最后她确实会注视着你——那个画得不好的小美人鱼——用她那大大的、水汪汪的少女般的眼睛注视着你，看着你，似乎想要陪伴着你。她的尾巴是两条闭合的、紧紧贴合在一起的大腿。她不会用刀把尾巴分开，因为她不想这么做。她还是那样，大腿连在一起，尾巴上满是鳞片。墙上没有任何东西，直到成形的那一刻，人类的形态才能从墙壁上的污迹中辨认出来。然后她便会看着，凝视着。是的，我希望她是这样的，这就是我想要的。有什么区别？谁能证明她不是真的？谁能相信？尽管我鄙视自己——无论我有多鄙视自己——尽管我笑着发现自己在

1　这是尼采（1844—1900）的《查拉图斯特拉如是说》（1891）倒数第二章"夜行者之歌"的主题。

214

这里并且说了这些话，我在这里是因为我自己愿意，因为想要待在这里并且仍然想要待在这里。即使我藏了起来，即使我在妓女的怀里等待时间流逝，等待日子过去，即使我希望人们再也不记得我，忘记我，给我伊利诺伊州的奖学金，这样我就可以在那里研究老鼠的腹股沟直到永远，在那里说"我想要"，价值一亿美元的超级回旋加速器就从天上掉下来了。在那里说"我需要"，整个热带类人猿家族就会带着它们几乎和人类一样的大脑过来让我研究。在外面，在一辆巨大的紫色汽车里等待的，是一个精力旺盛的女孩，她是人类最新的模型典范，拥有完美的容貌和健康且民主的躯体。人们盛情邀请你参加派对，科学家们在那里打高尔夫球、吃热狗，实验室像一个笑容满面的大咖啡馆，癌症在里面只要触摸一下就能分解，就像冰激凌和苏打水一样。但我想待在这里，就这么失败着，不再接触任何癌症，也不接触伊比利亚小科学家们的伊比利亚显微镜，我已经无法触摸这些了，因为我想要的就是独自在这里思考；不，不要去思考；只是平躺着，伸展身体，就像我已经死了一样，知道了死亡是什么样子，身体平坦地伸展开来，就像死去的女孩一样，她知道自己为什么会死，她并不是因为我插手了一个不在掌控的愚蠢事故意外死的……

我喝醉了。我醉了。

不要想。不要想。看着墙。花点时间看着墙。什么都不要想。你不该思考，因为思考也无法解决任何问题。不，你在这里很平静。你没事。你想把它做好。你想把做的每一件事都做好。你做的一切都是出于想要做好的愿望。你所做的一切都是正确的。你没有任何坏念头。你尽力做到了最好。如果不得不再做一遍……

笨蛋！

你不要去想。不要想。不要想。保持安静。什么事也不会发生。你不该对一切感到恐惧。即使发生最糟糕的事情。如果事情到了最糟糕的地步，如果他们真的相信你做了那件事。如果他们等着用最沉重的惩罚谴责你，碾压你。设想最糟糕的情况。如果发生了最糟糕的情况，你能够想到的最糟糕的情况，最严峻的，最重要的。即使发生了甚至你都无法想象的事情，然后呢？不管发生什么事，你也不会出事，什么事都不会有。你会像现在这样在这里待上一阵子。没关系。然后你会去伊利诺伊州。就是这样。你在这里也很好。回到了摇篮，回到了子宫，在这里受到保护。没有什么能伤害你，在这里什么都不会发生。你很安静。你很平静。我很好。我什么事也不会有。不要想太多，最好不要去想。让时间静静地过去吧。无论如何，时间总是在流逝。不会发生任何事情。即使情况变得更糟。即使情况变得不好。假设最糟糕的情况。假设最糟糕的情况发生了。什么也不会发生。只是一段时间而已。一段在我的生活之外的时间，被括号括起来的时间。远离我愚蠢的生活。在这段时间里，我会对活着有更多感悟。现在我的生活更紧凑了。外部的生活和所有愚蠢的事情一起，都悬浮起来暂停了。它们留在外面。裸露的生活。时间，只有时间才能填满所有的愚蠢和愚蠢的人的空虚。一切都必须在我身上滑过，我一点也不痛苦，一点也没有。任何人都会觉得我很痛苦。但我并不苦。我自己的焦虑中，甚至没有注意到那些盯着她看的人。

　　起初他们告诉她现在还不是探视时间。然后她被告知等一等，最后才被允许进入。她爬上楼梯，穿过一条肮脏的走廊。她坐在一把椅子上。一些加班的员工看着她。她被允许进入更深一点的地方。她坐在一间漆成黄色的办公室里，里面有一些积满灰尘的打字机。一道木栏杆将机器区域（那里有个胖子）和公众区域或询问者的空间分开。那个男人此刻正在阅读当晚的报纸，桌子上放着一把脏餐具。他正听着一台小收音机里播放的音乐和广告。他一开始板着脸看着她，然后面露微笑。他告诉她坐下，然后穿上了他挂在衣架上的夹克。他笑着走近她：

　　"您找谁？"

　　"不，这不可能。"

　　"您和他是什么关系？"

　　"不，我不能告诉您。"

　　"您和他是什么关系？别担心，小姐。一切都会解决的。我见过各种情况。"

　　"我什么口信都不能捎给他。"

　　"不能，这不是什么严重的事情。"

　　"所有人都必须先在这里待七十二个小时。"

　　"是的，七十二个小时。"

　　"他只在这里待了三个小时。"

　　"谁告诉您的？"

　　"不，我不知道。"

　　"我已经告诉过您了，我帮不了您。很抱歉。"

"不要担心。"

"您请回吧，回家安心休息。"

"请您别带着那样的眼神哭。"

"请不要太放在心上。"

"我告诉您，这是不可能的。要是可能的话……"

"我也希望能帮上忙。"

"我能做的只有这些。"

"没别的办法。"

"当然，您可以明天再来。"

"您刚刚说您叫什么名字来着？"

*

如果这位杰出的外国游客坚持要看到那些女郎和斗牛士，如果天才画家用他神奇的画笔描绘那些女郎和斗牛士[1]，如果在这片古老的土地上有比哥特式教堂更多的圆环[2]，那肯定是出于某个原因。我们将必须再次回到黑人的传说中去，仔细研究西班牙传统旅游景点的宣传册，揭开那些给人成功印象的画家的表层，深入探索他们所描绘的可悲之处。因为如果有什么恒定的、有活力的、有男子气概的常量，但它本身就是肮脏的、瘦

1　指的是弗朗西斯科·戈雅（Francisco de Goya，1746—1828），他早期主要创作了体现本土主题的作品，同时也创作了众多描绘斗牛的版画。

2　圆环是指斗牛场，前文也使用过"圆形建筑或椭圆形的钢筋混凝土"的表达来指代斗牛场。

纯洁、嫉妒、贪婪或只是简单戏弄的警告，"不要那样看着她"。因为笑是健康的，没有任何罪恶之处。

善良的人们坐在一起，散发着汗液的味道，挤压着，也被挤压着，品尝着花生和杏仁，那沙沙作响的焦糖和薯片的纸包装可能会破坏附近社区寂寞的单身女性的狂喜，而在这里，它们却与舞台下的金属和弦乐中的和谐完美融合，被汗水浸透的指挥家向他们展示着最美好的微笑。他们渴望看到色彩斑斓的女性形象的胜利，她们拥有鲜嫩的脸颊和稍微泛黄的双腿，被恰当的音乐所环绕，这些音乐——由那些擅长演绎群众的集体灵魂的人创作——让人们沉浸在封建时代的传奇历史中，回忆着那些为自己扇风的庶民公主和为画家们脱衣的裸露的公爵夫人[1]，为了让俯伏的绅士们——他们占据着包厢、座位和邻近酒馆的贵宾席——爱慕她，并确信她就是那个如此被追逐的雌性，如此娇媚地从一场蜡烛舞会被掳到宫殿的马厩，以供君王们和工匠们打牌娱乐，为了这个，好人们忘记了他们的困扰和感动，以内心深处最低沉但也最真挚的声音承认——"愿锁链永存！"[2]

对普通人而言，爱情不是一种生意或者买卖，爱情应当是合法的，而不是卖淫嫖妓，爱情应当是可婚配的，建立在古老

1　指的是弗朗西斯科·戈雅的著名肖像，特别是1795年创作的《裸体的玛哈》，他在这幅画中描绘了阿尔瓦公爵夫人。

2　这段话引用自查瑞拉歌剧（一种西班牙传统音乐戏剧）《烛光舞会》（1932）；文中提到的国王是费尔南多七世；"愿锁链永存"是拥护君主专制主义的一种常见说法。

的制度之上，得到必要数量的雄性的祝福，并作为礼仪、平衡与完美的典范。为什么还要向一位马德里人解释这些呢，他已经被历史的恢宏所震撼，用清晰明了的歌曲来阐述那位超级女明星唱着的故事和伟大。她用红唇和她全身上下散发出的如鱼鳞一般闪烁的光芒，从欧仁妮·德·蒙提荷[1]的嘴里唱出来——用你的爱让我快乐——而我将使你成为法国的皇后，没有人能够将如此高尚的交易，如此令人期待的交媾，如此幸福地开创苏伊士运河和百分之三百一十八的分红[2]，称之为买卖。因为正是这个女人的形象，她以同样的手法取得了胜利，任何一个妇女如果有机会的话也可以运用，那位战争之鹰[3]的后代，摧毁了所有曾敢在西班牙大地上分发藏书的贪婪的卡洛斯三世的大臣们[4]，给被描绘成聋子的战败的人民带来安慰和欢乐，并让他们感到报复与愉悦。一位聋子画家将这些人的形象同汹涌袭来的帝国卫队一起描画在路灯下，在红衣和红衣之间，向着同一个广场喷射出鲜红的血液[5]，即使现在，依然有白云飘浮，在那些广场上方飘荡，这是一种慰藉，是将神圣之城建立在菲利佩时

1　欧仁妮·德·蒙提荷（Eugénie de Montijo，1826—1920），法兰西第二帝国皇帝拿破仑三世的妻子和法国最后一位皇后和首任第一夫人。——译者注

2　苏伊士运河公司（1865）的股票，该项目得到了拿破仑三世的支持，为其所有者带来了巨大的利益。

3　指的是拿破仑·波拿巴，拿破仑三世的叔叔；该表达似乎呼应了维吉尔，他曾称赞埃斯庇阿尼为战争雷霆。

4　对这些大臣的评定取决于反对绝对主义者对他们的看法。

5　此处指的是戈雅（聋子）及其作品《马穆鲁克的冲锋》（1814），描绘了1808年5月2日马德里人民反抗法国侵略者的起义。

代的荒原上的圣洁标志[1]。

因此，值勤的好警卫可以与民众一起听到那些下流的笑话，这些笑话让任何一个出身良好、不固执于某些无关紧要的故事的人都能开怀大笑；因此，即使是警察也可以心安理得地欢快笑着，知道在这样的笑声中，罪犯、警察，甚至法官（如果他紧束的胸衣允许他弯腰进入这些所谓的座席的话）都只是一种人类快乐的代表，他们不憎恨任何人，也不想关注一个笨拙舞蹈者的不完美动作和嚎叫声，而是关注这个舞蹈者所代表和宣扬的意义，这是喜悦、和平和永恒和谐的信息；因此，严厉的审查员对于这些民众喜悦和胜利的表达，不会也不愿采取任何行动，他明白杂乱的公众已经形成，他们确实有私生子，这些不幸是众所周知的，孩子们并不是从巴黎而来，最后，这个不道德的父亲将会在那个负有责任的无赖的亲戚头上留下一笔遗产，这样，这个那么可爱又受到侵犯的女儿的无赖父亲就可以在民众有时候（为什么不能承认呢？）能够接触到的那些椅子上舒舒服服地抽着雪茄，这些雪茄原本根据盲目但神圣的法则，是为情人、他的朋友，顶多是为他的司机或忠实的仆人保留的财物。

"她真有意思！"母亲说，笑得喘不过气，"这个男人让我疯狂。"她指的是一个金属丝做成的年老的人偶，他在空中跳跃，摔倒，再次跳跃，做鬼脸，装作一副傻乎乎的样子傻笑

1　讽刺性地提及了圣奥古斯丁（354—430）的哲学，他认为人类历史是上帝之城（dvltas Dei）与尘世之城之间的斗争，因此城邦应奉行基督教原则。

着，最后用粗鲁的姿态表达他对一切的漠不关心，只要他能够暂时抓住那些穿着上流家庭女仆服装，在舞台上徘徊的活人雕像，他就能容忍被嘲弄、被扇耳光、被耻笑和被贵族拥有的财富所羞辱的一切拳打脚踢。这些财富都在他骨瘦如柴的后背上描绘着一个被饥饿追逐着的生物的形象。因为他很聪明，知道该如何摆脱困境，因为他知道自己的长处和弱点在哪里，因为他知道应该站在哪一方，并且因为他早就已经忘记了——或者从来就不知道——任何可能对这种顺利适应过程构成障碍或麻烦的事情。如果最猛烈的笑声、最真诚的大笑——团结了男人和女人、警察和小偷、尊贵助演队的成员和富裕的商贩、大学生和标准电器公司的工人[1]、诚实的夫妇和度过自由之夜的女人——恰好在展示了这种思维方式的真相和这个狡猾的稻草人的智慧的时刻爆发出来，或许是因为这种表演的创造者们发现，只有在人类卑劣行为的背景下，女性的放荡才能发出最炫目的闪光。或者说，只有在裹满亮片的肉体背后，在一个人的卑劣行径中，一个民族的卑劣行径才能被认出并像对待老朋友一样被笑着接受。

佩德罗也是，是的，佩德罗也是，他被母亲的手肘紧紧压住，被小朵拉的手臂压着，那么光滑、柔软，像是个靠枕，前

1　小说中提到的公司是西班牙标准电气公司（Standard Eléctrica Española），属于跨国公司ITT，为西班牙电信公司（Telefónica）提供设备。该公司成立于1926年，在马德里和西班牙其他地区设有工厂；多年来，西班牙的电话都带有"Standard S.A."的标签。在小说中故事发生的年代，该公司的工人构成了马德里无产阶级的一个特殊群体，后来在劳工和工会方面努力争取权益。

面、后面、上面、下面都是人群，和舞台上被高度理想化的人群相对的，是高高的包厢里欢呼雀跃的民众，而在后排站着的是不知羞耻的人，他们不付钱却大声尖叫、笑着鼓掌，整个剧院里弥漫着众人的汗臭味，他们笑着听自己的笑声，无论是通过外部、空中的道路，沉浸在大家一起欢笑的集体笑声之中，通过自己的骨头，通过坚硬的颅骨和充满勤奋神经元的脑髓，他们都能感受到他们自己的笑声，更慢、更沙哑，就像刚开始后不久的疲惫笑声一样。

*

朵拉坚持认为她必须带她们去游乐场，尽管她一点都不想去，但也不得不妥协并带她们去参加乡间游园会。他是为了游园会而来的。但无论如何都不行。那天晚上很凉爽，朵拉整个人都很担心，或者假装很担心，和她那可爱的女儿一起矫情，她知道有一天这个野蛮人会带着她离开，穿着白色的衣服的她，之后她再也不会和养育她长大的母亲在一起了，她比母亲更加珍爱她，如果可以这样说的话。但这就是孩子，一些忘恩负义的孩子，她却不是，她已经牺牲了自己未来的生活和许多有可能成为富豪丈夫的追求者，他们曾在她骄傲的青春时期爱慕过她，而她却坚守着，不管遇到怎样的困难，她必须为了她心爱的女儿而全身心地保护自己。她不想去想那个恶棍舞者，也不想去想那个被剥夺的、对黑朗姆酒如此疯狂迷恋的时期。一听到游园会上愉快的铃声响起，一些热情洋溢的人群向着那里走去，在有点凉意的夜晚里，人们用白色围巾遮挡住面庞，穿着略微紧身的夹克衫，戴着鸭舌帽。还有一些胖女人，她们努力装扮得风情万种，肩上披着有丝绒边饰的马尼拉披肩，看到这些，她又感到一阵悲伤，因为她没有穿上自己的披肩，那是已故的合法岛屿上的上校带来的，装饰着天堂的鸟儿。那些披肩，挂在客厅的橱窗上，它们是如此脆弱，随时可能会破裂，但如果她小心地披上它们并采取必要的预防措施，所有人都会夸赞它们有多美丽、多好看。幸福的准新娘小朵拉牢牢地靠着她的未婚夫，而他也觉得这样很愉快，有时，在路灯下偷偷地看到她脸上的轮廓，他会想到她可能像塞维利亚的圣母或任何一尊由过去的雕塑家用手指塑造的神圣形象，他们知道当他们浪费天使的光辉时该做什么，天使的泪珠，真实的比例和柔和的颜色，为蜡像般的脸庞而闪耀。美丽的小朵拉看起来如此纯洁，虽然有些疲倦，但能感受到她诱人的身体在准新郎的手肘旁晃动，他梦想着在那些晚上，当他在晚餐后看到她在摇椅上摇晃时，细细的腿从裙子下露出来。他不想带她们去，但母亲坚持，他还能做什么呢。他们去了限定区域，那是在市政条例允许的地方。买了入场券之后，他们朝着亮光的地方看，找一两把空椅子靠近小卖部坐下，他给小朵拉买一片椰子糖，她很喜欢，当她露出洁白、明亮、健康、强壮的牙齿，在嘴里咬着发出咯吱咯吱声的椰子肉时，他凝视着她那湿润多汁的嘴唇。她微笑着，感到咀嚼椰子的奇特滋味，几乎没完没了地咀嚼，直到它滑过喉咙，穿过她修长的天鹅颈，那个他曾经亲吻过的美丽长颈。母亲向侍者要椰子汁，仿佛是在夏天，服务员告诉她没有椰子汁，因为天气已经太冷了，不适合喝椰子汁。为什么不喝瓶啤酒，再配上黑橄榄或者一些新鲜的虾呢？但她坚持，既然没有椰子汁，那就只能喝汽水了。因为她很清楚地记得，没有理由让这段回忆白白消失，那些事情会发生都是因为她母亲的疏忽大意，她深深地记住了装满酒精或尼格丽塔朗姆酒的杯子中的所有魔鬼。那些可怜的音乐家，有时候在乡间游园会的舞台上表演，虽然第二天可能会稍微迟到，但老板们会对他们偶尔的失常表现忽略不管。她们还是得亲自到办公室去，努力克服自己想要补上一觉的渴望，这对于熬夜的人来说很重要。他们演奏着曼波舞曲，尤其是过时的波莱罗和难以辨认的伦巴舞曲，这些音乐被乡村管弦乐队演奏出的伊比利亚的乐声所遮掩。在夏季的夜晚，在卡斯蒂利亚最光滑的地面上，在被踩踏的稻草和捣碎的饭菜的味道下，他们点燃了伴侣之间的激情，并催眠了现场的宪兵，让派对可以和平进行。但在这里，舞蹈的质量更高；他们不是在谷仓的地面上，而是在坚固的铺砌的石头上滑行，穿着合适的市民鞋子。就在那时，弹壳穿着黑色的衣服走进门，四处张望，直到他特别注意到他必须注意的那个人，这个人他应该认识，否则他谨慎的行动就无法解释了。当老妇人说孩子们可以跳舞时，小朵拉在清凉的夜晚坐在一张桌子上，喝着汽水，身边是沉默寡言的佩德罗，她感到一种莫名的喜悦。他是那种几乎不会跳舞的人，而且如果他会跳舞，也不是在不平整的石头上，而是曾经在学生时代在地下舞厅里跳过，男士们只需要支付五个比塞塔就可以进入，还包含一杯饮料，而女士们则可以免费入场但不能喝饮料。他对自己说，无论如何，我们得去那里，没有办法避免这场舞会，而且正好也可以暖暖身子。小朵拉的嘴里还残留着椰子的味道，她开心地呼吸着，对椰子无动于衷，她有点激动，终于，终于找到了这个优秀的年轻人。她的母亲没有设法为她找一位丈夫，而是想设法为她找到一位父亲；但她自己找到了一位丈夫。这是因为她更有德行，或者是因为命运给予她这个非常特殊的例外权，指引着她这个没有明确血统但拥有一点点金钱和漂亮身材的私生女走出了不可避免的厄运。他们在跳舞时，并不了解自己身体在相对于真正的舞步轨迹中的位置，而是融入到移动的集体中，它自身旋转，同时围绕着乐队移动，就像一对共同运行的行星或一对彼此依赖的双子卫星，一个只依赖于另一个，而另一个只依赖于他。他的手放在她的腰间，感受到这个有生命的、看似植物但实际上是人类的灵活腰身，她用手触摸着他温暖、前倾的脖子。手艺高超的理发师让他的肌肉和骨骼形态在那里露出一部分，展现了男性的智慧和力量，而她们自己也找到了这些男性特质，所以她们喜欢把手放在那里，感受那种男性的力量传输通道，想象中自己在那里下降，赋予男性力量，并且随着养分汁液上升，让男性能够思念和渴望她们[1]。但是，他们陶醉其中，认为这种现象纯粹是私人的，其他在场的人无法感受到相同的体验，这种体验是身体和灵魂共同渴望的结果。但事实并非如此，整个神圣的人群都是成双成

1　这一段描写反映了经典的医学理论，关于体液循环和爱情生理学：爱人的形象在情人的想象中留下印记，从而引发体液活动，产生欲望和热情。

对的，彼此拥挤着出了很多汗，在那里他们以相似的方式抵抗死亡的临近，我们都知道死亡是无法抵挡的，我们感受到不断在我们身体上穿刺的钻头，而我们假装没有听到它。"这是一支苏格兰慢步圆舞曲，"她低声唱着，将一字一句融化在从她口中呼出的椰子香气和她充满渴望的热情中，"马德里，马德里，马德里，在墨西哥人们经常想念你。"[1] 她觉得这句话的意思是"我爱你，我崇拜你，你是我的生命终点，对我来说没有比你更重要的人，你是我生命的全部，如果没有你我便一无所有，我在这里，永远和你在一起，永远"。这时候，那些可怜的音乐家，那些脑胀的办公室职员，演奏着音乐，不敢像有钱的音乐家那样欢笑、跳跃、扭动臀部，而是认真地演奏着，这是可怜的音乐家脸上应有的丧葬音乐家的表情，连那个拿着沙槌的人，或者类似响板的东西，甚至那个人，就连他，很奇怪地，也不敢像乐器所要求的那样微笑，而是一样严肃而悲伤地操作着那些球形乐器，就像一个在葬礼上悼念奥尔加斯伯爵的绅士[2]。善良的人们在享受生活的同时，也会紧紧拥抱那些沉沦在自己命运中的伴侣，并且设法从劳作与时日[3]中获得慰藉，假装自己在享受，为了忘记那些传言正在关注着他们的女儿的

1　这是当时的墨西哥作曲家阿古斯丁·拉腊（Agustín Lara）的一首歌的歌词。

2　影射了埃尔·格列柯（El Greco，1541—1614）的画作《奥尔加斯伯爵的葬礼》（1586—1588，为托莱多圣多美教堂创作）中所有绅士都显得庄重肃穆的形象，符合小说中的场合。

3　《劳作与时日》是古希腊诗人赫西奥德（Hesiod）于公元前8世纪创作的一首关于农作的教育诗。

演出和彼此的接近。而那个穿着黑色衣服的男人则静静地站在那里，被所有人包围却又好像不在场，嘴唇下方还夹着一根烟蒂，他既专注又心不在焉地看着，那个由市政府负责安排的节日庆典上还有射靶活动，好让下层民众娱乐，市政府可不能被人说不在意民众，不懂得如何取悦民众，因为人们也有他们的小心思，必须允许他们偶尔放纵一下。于是，在一番兴奋过后，他们走向了射靶的小亭子，将母亲留在一边享受她的汽水和对真正的马尼拉披肩的怀念，他问她是否想射击，她说不，让他射吧，但说实话，他几乎不会射击，她说没关系，无论如何都射吧，因为射击这么近的目标，可以以更谦虚的方式实现相同的性爱功能，就像在非洲黑人的地盘上狩猎一只羚羊，为了让我们远在彼处的女性能够在某一天躺在那里，旁边有一杯香槟，身上覆盖着熊皮，躺在充满了无数角的客厅里。这些角向上指着，向我们所有人指示着天堂的真正方向。准新郎拿起了装有铅弹的压缩空气步枪，这些铅弹非常粗大，瞄准如此近距离，而且移动得如此缓慢的目标，多少都能击中一个，给旁观者带来愉悦，令人赞叹雄性的力量，在远处，用火枪扫射着可怕的敌人，为了捍卫遥远的、可能的、假设的摇篮和那个在某一天会躺在其中、尿尿、尖叫、吞噬同一个身体，将它变成受害者的乳汁的湿润物体。小朵拉欣赏着她征服的新郎令人晕眩的瞄准技巧，她完全沉迷其中，虽然一开始她以为自己会觉得无聊，因为和妈妈一起去跳舞已经过时了，这种做法已经完全过时。而且这让她非常生气。还有一个地方，用一个非常重的锤子敲打，一块铁块沿着一条轨道上升，如果完全到达顶部，会发出"叮"的声音并点亮一个灯，这也让成功的人感到自豪。"打吧，打吧，"小朵拉说，"你一定要试一试。我力气不够大。"她说。他想着自己一会儿可能不得不放开她，有一种感觉告诉他自己可能无法打得足够用力，而且他不应该完全让她一个人留在那里，同时他用双手握住木槌，身处那群不祥之人中间，他们与他不同，她并不属于他们，她与他们不在同一阵营，但她说，"来吧，别害怕。"他别无选择，而就在她旁边，就在她身旁而又没有触碰到她的地方，那个穿着黑色衣服的男子站了起来，嘴唇上贴着已经完全熄灭的烟蒂，他不看她，而是看着他，嗅着她在跳舞时流汗的气味，这气味中带着一种香水的混合味道，而之前她的呼吸中弥漫着椰子的气息，现在已经消失了，她通过永远挂在脸上的微笑向外界展示着整齐的洁白牙齿。"真可惜这里没有旋转木马。"他在竭尽全力却无济于事地努力击中推动装置，却只得到了不尽人意的结果。而片刻后，那个充满煞气的小个子，仅凭一只左手和身体的迅速转动，就点亮了红灯，好像是对这个充满了像蚂蚁一样的人类的糟糕庆典的警告，他们没有足够的醉意接近唯一可达到的幸福的极限。他们继续夜间的漫游，几乎已经忘记了母亲，几乎因为终于能在一起而感到满足，徒劳地四处游荡。他们来到了一个摊位，买了薄饼，在转动轮子后得到了十三或其他数字[1]。他们来到一个奇怪的帐篷，里面有一个人用旋转的

1　在节日和庆典上，薄饼摊贩会将食物放在圆柱形的容器中，由购买者推动顶部的轮盘，确定他们获得的薄饼数量；数字十三是对即将发生的不幸的预兆。

机器制作棉花糖，小朵拉说她想要，他就给她买了。他们来到一个地方，有一个小车和一个推着小推车卖椰子糖的老妇人，小朵拉想再要一片，于是他就又给她买了一片，然后她又开始咬起那热带的物质。"你会生病的。"穿黑衣服的男人说，并从她手上拿走了椰子糖。佩德罗正在看别的地方，没有注意到刚才发生的事，她向他靠近了一些，但什么也没说，只是盯着那个拿走椰子糖的人看。"看，那里在卖油条。"佩德罗说，他沉浸在消费的快感之中，"我去给你买一些。"一大群人挡在前面，让他无法接近那个炸油条的摊位，这是唯一一个真正成功、商品热销的摊位，人们贪婪地吃着这里的食物。里面的食品被热切地吃掉。十五六岁的姑娘们手里拿着炸油条，一买到，她们就得意扬扬地晃荡着，有时会把油条送到嘴边。其他一些普通的人，和一些大妈们混杂在一起，也想赶紧买到这珍贵的食品，向一个穿着白色衣服的男人伸出手，那个男人手里拿着一个巨大的糖罐，给这些装满着凡人喜悦的锥形纸袋撒上白色的粉末。"我去看看能不能买到。"他说着，走进了购买者的人群，但是尽管他用尽全力，也还是无法用握着钱的手接近它。就在这时，弹壳抓住小朵拉的胳膊，把她拉到一边，说："来跳支舞吧，美人。"小朵拉尖叫了一声，但没有人注意到，因为在这个封闭的市政广场上，这个时候能听到很多尖叫声。"你是谁？"小朵拉问，弹壳叫她闭上嘴，同时，他熟练地把那把匕首决绝地刺了下去。小朵拉倒在地上，血慢慢地浸染了她的身体，在夜空下宛如黑色的河流蔓延到各处。弹壳向外走去，甚至没有等着看佩德罗拿着油条回来时的表情。对

布把它们的舌头卷进嘴里，就这样，蛙腿，就像鸡胸肉一样。多好啊！蛙腿又圆又白；我已经十年没有见过蛙了，除非是为了研究肠系膜循环，活体观察苍白如小扁豆的红细胞穿过毛细血管网，还有赤身裸体的动物，没有皮肤、毛发或羽毛，已经在捕捉之前就去除了内脏，变成了一具被剥了皮的、看起来像圣马丁[1]的动物，只有小扁豆在肠系膜静脉网中流动。是的，这就是活体解剖。英国妇女参政权运动者抗议[2]，其实都一样。她们猜到，如果被剥光了，她们就会像青蛙一样，而佛洛丽塔，被剥光的佛洛丽塔在茅屋里，小花，小小的花，老妇人就是这么称呼她的……啊……我走了，我会过得很开心。诊断胸膜炎、腹膜炎、杂音、绞痛、胃病，然后有一天，独身的女教师会吞巴比妥自杀。在节日的那天，女孩们站在队伍前面，圣骨箱后面，红着脸，笑容满面，我厌恶地看着她们走过，看着她们的腿，坐在赌场里和两个、五个、七个、十四个爱下棋的先生们在一起，他们非常尊敬我，因为我在智力上占优势，拥有高智商的头脑。我到了，皮奥王子地铁站。是的，上楼。然后可以免费乘坐电梯从上面下来。我会买一本有关梅格雷警长的小说[3]在火车上看。我已经很久没有看过侦探小说了，我

1　圣马丁·德·波雷斯（San Martín de Porres, 1579—1639）以他的谦卑和朴素的穿着而著名。

2　妇女参政权运动始于1838年，英国妇女要求获得选举权，这一目标直到1918年才实现。

3　由比利时法语作家乔治·西默农（Georges Simenon, 1903—1989）创作的以警察局长儒勒·梅格雷（Jules Maigret）为主人公的小说。

喜欢侦探小说。为什么总是加利西亚人或者阿斯图里亚斯人做苦力，因为安达卢西亚人和拉曼恰人做不了这个。干这活儿需要力气。他们是多血质的、笑容满面的、油腻的、谦逊的，他们知道自己是苦力，他们清楚地知道这一点，他们不想成为别的什么，只想成为外面的苦力，内部的苦力，搬运尽可能多的包裹。他们只要数一下，一、二、三、四、五、六个包裹，还有这个包，夫人会拿着，因为里面装着王冠的珠宝，国王的王冠。多么愚蠢啊，为什么我要这样说。我还不够绝望。月桂树和豆蔻的冠冕，奥运会的荣耀象征，站在领奖台上，举起手臂做罗马式的敬礼[1]，后来又得以复苏。接受瑞典国王的祝贺，他是如此苍白，从未真正晒过太阳，而且对科学一窍不通，他们嘲笑科学，这是他们的职责。但为什么我还不够绝望。瑞典国王长长的手臂，头上戴着整齐编织的冠冕。苦力从未洗过的肥厚臀部，坐在长凳上，他潜入一家酒馆，一有机会就喝红酒，就像阿玛多那样，他那充满雄辩的嘴唇，命运之人，阿玛多，也是一位做活体解剖的加利西亚苦力，阿玛多-卡桑德拉[2]，你们的耳朵生来是为了听不见事物，你们愚蠢的大脑生来是为了传递错误的观念，你们被创造出来的唯一目的就是搬运错误。阿玛多，阿玛多，你有一个致命的名字[3]。我能嘲笑自己吗？

1　对法西斯主义和纳粹主义的效仿，即抬起胳膊做正式的致敬姿势，在佛朗哥主义时期也被采纳使用。

2　古希腊神话中，阿波罗因卡桑德拉（Casandra）不愿意与他发生关系便处以惩罚，让她的预言永远不会被人相信。——译者注

3　西班牙剧作家恩里克·哈尔迪尔·庞塞拉（Enrique Jardiel Poncela, 1901—

我是被毁灭的人，是那个不被允许去做自己应该做的事情的人，是被命运命令停止的人，然后被送到了皮奥王子地铁站，带着一些推荐信、听诊器和关于乡村处女肛瘘的诊断手册。恶俗、色情，总是想着肮脏的事情。笨蛋，笨蛋，那个毫不费力地背着我的一、二、三、四、五、六个包走上楼的苦力，然后将它们放在我的行李架上。为什么叫行李架？而我，没有一丝绝望，因为我就像是空的，因为有人给我擦拭了内脏，彻底地浸泡，然后把我悬挂在活体解剖博物馆里的一根线上，好让我好好感受梅塞塔人的熏蒸、卫生、干燥、灭菌，还有合成胆汁的特性。平原之人创造了历史，从布雷巴的平原开始，用巴斯克语发音的拉丁语，然后加入了摩尔人的 h 发音[1]，成为那个用木槌疾行于世界的人。而现在，他们瘦小干瘪，像我自己一样被晾干，做成卡斯蒂利亚的风干鱼，而对未来的憧憬在三个半世纪前就消失了，现在只不过是腐烂的景象，是正在晾干的腐烂变黄的牛肉；还有像我这样的人，慢慢开始习惯用一杯葡萄酒搭配鱼干，比鱼子酱、鲱鱼和那些兰德斯的鹅肝更好吃。哀哉，我们这些无法追求狂喜的人啊！谁能帮助我们？如何才

1952）的一部喜剧名为《你有致命女人的双眼》（*Usted tiene ojos de mujer fatal*）。

1　布雷巴是西班牙布尔戈斯省的一个古老的行政区域（现在是一个地区），位于奥卡河流域；布里维埃萨是该地区最重要的城市。在该地区以及其他接壤地区，当时（中世纪）还流行着巴斯克语，而在现代西班牙领土上，巴斯克语的分布范围要比中世纪更广。在这些地区，拉丁语演变为早期的罗曼语（西班牙语）。尽管与阿拉伯语相似，但西班牙的 j 音并不是从阿拉伯语借用的。

能穿越到最先进、最隐蔽、最深邃的住所，我们必需的驻足之处[1]？我将注视着卡斯蒂利亚的姑娘们，她们的腿如同饲养的鹧鸪般肥硕，就像鹧鸪一样，可以用牙齿和口腔品尝，或者被一根手杖击倒在地上，她们会静止不动，不像肮脏的虫子一样扭动，而是保持着僵硬的状态，一动不动地装死，昆虫、蛤蟆、瞪羚、溶组织内阿米巴，所有的生物静止着，处女般纯净，等待着。但是我为什么不感到绝望？我为何要让他们阉割我呢？戴着红色锥形帽的男人，他的生殖力无穷无尽，他用手握着自己的生殖器，拿着红色的圆柱体，装备着多种属性，将激发起那个巨大器官的直立行进，将其刺入山腹中，而我却让自己被阉割。我可以解释为什么我允许他们将我阉割，以及为什么我在被阉割时甚至都没有尖叫。当土耳其人在解剖他们的奴隶，在安纳托利亚的海滩上阉割奴隶的时候，他们会把他们埋在沙滩的沙子下，距离海上航行的船只有数英里远，无论是白天还是夜晚，航行者们都能听到他们无休止地尖叫，也许是痛苦的哀叫，也许更多的是抗议或者是和他们的阳刚之气道别的尖叫。这是一种有效的确保无菌的方法，将他们埋在沙中，直到腰部，沙子是干净的且具有吸收性的物质，可以防止分泌物腐烂，同时还能清除它们，并且没有病原菌，但含有碘和其他海洋盐分，可以起到消毒作用。但现在我们已经改进了，因为确实不仅不会尖叫，而且甚至不会感到疼痛，而疼痛也无法成为

1　按照修女圣特蕾莎的说法，灵魂在见到上帝之前必须穿过灵心城堡的七个房间。

愚蠢的航海者的声音灯塔。我们现在身处麻醉的时代，一个一切都不会发出太多噪音的时代。炸弹不是靠噪声进行杀戮，而是用辐射，用伽马射线，用氕离子射线或者宇宙射线，这些辐射都比一记棍棒更加沉默。X射线也会阉割。但对我来说，现在，我为什么要在乎呢。这是沉默的时代。最有效的机器是不发出噪音的机器。这列火车发出噪音。它呼啸而行，但它并不是那种在平流层飞行的超音速飞机，构筑着一个在两万米高空无震动的纸牌城堡。而在这里，我们在地面上艰难前行，走向我们必须默默等待、默默度过岁月的地方，默默地走向世界上所有花朵最终会去的地方。但我没有感到绝望，我在这古老的乘车工具里感到一种舒适的快乐，它就像一匹动物一样飞驰，飞驰，飞驰，它嘎嘎作响的震动有催眠的效果，和脑电图的节奏相一致，和黑人在原始部落中使用的调节方法完全一致，他们在欢乐的舞蹈之夜，通过击打他们的木鼓，在欢快的舞步中达到幸福的顶点，而在这里，甚至连梦也得不到。如果我可以进入享受这种狂喜的状态，如果我可以倒在地上，可以对着那个流浪的传教士踢一脚，也许我可以变成一个追捕胖乎乎的、顺从的乡村姑娘的猎人。但我们不是黑人，黑人跳跃、笑声、喊叫，投票选举他们在联合国的代表[1]。我们不是黑人，也不是印第安人，我们不是落后国家。我们是腌制在高原纯净空气中的腊肉，悬挂在生锈的电线上，直到它们经历小小的静默的

1　西班牙直到1955年12月才获准加入联合国。

狂喜。德拉卡德拉卡德拉卡德拉卡德拉卡[1]，火车的行进嘎嘎作响，你可以给它加上节奏。这只是给它一个形式、一个格式结构，你可以根据自己听音乐的方式找到不同的节奏，你可以用二拍、三拍和四拍，然后不断重复，或者像光学图像一样看到一个酒杯或一个面部轮廓。病态的理性主义，当他们活生生地阉割我的时候，我为什么在意节奏、形态和轮廓？为什么我不感到绝望呢？当一个阉人是舒服的，没有睾丸是平静的，即使被阉割，静静地晒着太阳[2]，呼吸着空气，在沉默中静静地变成木乃伊。为什么要绝望，如果一个人可以继续默默地干枯风化，而玫瑰仍旧是会开放的玫瑰。啊！当农田收获的时候，你将可以猎取肥胖的鹧鸪。你可以在俱乐部里下棋，你一直都喜欢下棋。你没有经常下棋是因为你没有足够的时间。你记得以前你会菲利多尔[3]的防御。下棋很愉快，而且因为不会感到绝望，习惯之后会更容易。一切都简单多了，起初只需保持冷静沉着，因为动一动可能会触及伤口。然后一个漂亮的女人会到你的诊所来，告诉你她的病情，肛门瘙痒。你会毫不费力地做出诊断，给她开出所需的处方。她会说，"新医生很有亲和

1　作者自创的新词，模仿火车开动起来的汽笛声。——译者注

2　在《政府七准则》中，华金·科斯塔看到自己的同胞对失去自由深感无奈，于是说道："西班牙……是一个阉人的国家。"

3　弗朗索瓦-安德烈·达尼康·菲利多尔（François-André Danican Philidor，1726—1795），法国国际象棋大师、作曲家。他重视"兵"在棋局内的地位。他试图把棋艺理论建立在科学的基础上，被认为是第一个对国际象棋做出系统分析的棋艺理论家。其防御策略是让黑棋占据中心，如今因为过于消极已不再常用。开局的符号是1. e4 – e5；2. Cf3 – d6。

力。"只要等那个女人来的时间不长，你就会有足够的时间来让自己适应。一切都会过去的。然后大家会说，新的医生更好。有些人可能会不同意，他们可能还会觉得以前的医生更好，也有人会不好意思地离开。这样更好，不然你就没有足够的时间去打鹧鸪了。你会静静地等待，不说别人的坏话。一切都在于保持沉默。永远不要谈论那些事。渐渐地，每个人都会看到你有多么善良，多么正派，多么聪明。那里是荒野，就像直接覆盖在骨架上的皮肤。每年到了这个时候，当树叶因为秋天变成红色和金色的时候，这里只有干燥的土地，一种未被阉割的男性景观[1]，谁知道如果大地受到干扰，还会有什么新的石头被挖掘出来。圆圆的花岗石，被空气吹得太久，磨成了圆润的金色的岩石，黑色的岩石，红色的岩石。也许那是蜥蜴。不，不是现在。在秋天他们会深眠。那里是山脉，蓝色的山脉靠得越来越近[2]，等待着火车的穿越，那些山仿佛隐藏着一个秘密。它在那里，比没有好。有希望，就比没有好。山的另一边，摩尔人还在。我们会发动一场进攻，再一次把他们赶走，他们会被逼到另一座山上，重新定居。重新占领土地，让土地上繁衍出孩子，男人和女人不断繁衍，直到他们饿得像腊肉一样瘦弱，变成了木乃伊。把他们赶出去，你就会看到，你就会看到他们会做什么。但如果没有地方可去，我们怎么办呢？我

1　可能是对西班牙诗人安东尼奥·马查多（Antonio Machado，1875—1939）《杜埃罗河岸边》中的"男性的卡斯蒂利亚，荒芜的土地"的回应。

2　此处指瓜达拉马山脉，火车经过这里，载着佩德罗驶向古老的卡斯蒂利亚。安东尼奥·马查多经常用"蓝色"（azúl）一词来描写山脉。

在这里。我不知道在想什么。我本可以睡着。我真可笑。我对自己感觉不到绝望而绝望。但也可以因为对不绝望感到绝望而不那么绝望。为什么现在要说这么拗口的话。我似乎想跟人说一说。很多人觉得我很聪明，但却没人问我怎么会那么聪明，因为没人会在意我的聪明从何而来。还有什么人关心我是不是聪明，或者我的母亲是不是个聪明的妓女？白痴！我又在思考，我对于思考感到高兴，仿佛为我所思考的东西是如此聪明而自豪……啊！阳光仍然安静地照进隔间，在外面我能看到埃斯科里亚尔修道院[1]的轮廓。它的五座尖塔指向天空，就让它们指向天空吧。岿然不动。阳光照亮了它的石头，石头被雪覆盖，就让它们这样牢固地待在那里吧。它就在那里，被压得扁扁的，仿佛是烤架上的样子，据说在那里对我们罪恶的圣洛伦索[2]进行了活体解剖。对。那个你知道的圣洛伦索，我就像是

1　指的是位于马德里北部的圣洛伦索·德尔·埃斯科里亚尔修道院。由西班牙国王菲利佩二世下令修建，历时21年，于1584年竣工。菲利佩二世是一位虔诚的、有僧侣气质的国王，他最热爱的圣徒是出生于罗马帝国西班牙行省的圣洛伦索。

2　圣洛伦索（San Lorenzo，225—258），英语为Saint Lawrence（译作圣劳伦斯），罗马帝国时期教皇西克斯图斯二世麾下罗马城七执事之一，负责看管教会财富、救济穷人，在罗马皇帝瓦莱里安对基督徒的迫害中殉难。他在遇难前将教会财产分给了穷人，因此被放在烤架上炙烤，相传这位殉道者被烤了一段时间后对刽子手说："给我翻个个儿吧，这面已经烤焦了。"如今，世界各地有许多教堂、学校、城镇、地名以劳伦斯的名字命名，以纪念这位圣徒。在本书中，圣洛伦索可理解为佩德罗的变形，对圣徒言辞的引述也代表着佩德罗被宗教传统和佛朗哥独裁统治彻底驯服，不做任何反抗。《沉默的时代》的结尾以及主人公的命运与《毁灭的时代》中的阿古斯丁也有呼应，可参阅后者的中译本前言。

圣洛伦索，这就是我，把我翻过来吧，我这一边已经烤焦了，就像沙丁鱼一样，洛伦索，像可怜的小沙丁鱼一样，谦卑的我已经烤焦了。太阳在炙烤着，一直在烤，一直在慢慢烤，洛伦索，圣洛伦索是个男子汉，他没有哭，没有叫喊，被扔进火里的时候静静地忍受着，只说了一句——历史只记得他说了这句——"给我翻个个儿吧，这面已经烤焦了。"于是刽子手把他翻了过来，只是为了对称而已。